时间轴

李君来 / 著

中国文史出版社
CHINA CULTURAL AND HISTORICAL PRESS

图书在版编目（CIP）数据

时间轴 / 李君来著. -- 北京 ：中国文史出版社，
2022.10

（青味文丛 / 梁永周主编）

ISBN 978-7-5205-3643-1

Ⅰ．①时… Ⅱ．①李… Ⅲ．①诗集－中国－当代
Ⅳ．① I227

中国版本图书馆 CIP 数据核字（2022）第 156273 号

责任编辑：方云虎

出版发行：中国文史出版社

社　　址：北京市海淀区西八里庄路 69 号院　邮编：100142

电　　话：010-81136606　81136602　81136603（发行部）

传　　真：010-81136655

印　　装：临沂市昱昇印刷有限公司

经　　销：全国新华书店

开　　本：32 开

印　　张：11

字　　数：51.9 千字

版　　次：2022 年 10 月北京第 1 版

印　　次：2022 年 10 月第 1 次印刷

定　　价：396.00 元（全 8 册）

诗问苍耳

□ 张　岚

"高田生黄埃，下田生苍耳。苍耳亦已无，更问麦有几。"在十月金色的季节里，一遍遍通读我市青年诗人李君来的诗集初稿《时间轴》，突然就想起了苏轼的这首诗、想起了《诗问苍耳》这个题目，心中不由生出了一份怦然心动的喜悦。

苍耳，是遍生于平原、丘陵、低山、荒野、路边、田间的野生植物，刺硬，常附贴于家畜和人体。这种植物，我故乡的沂蒙山随处可见。喜读诗词的我，更是在浩瀚的诗句中，随处可见苍耳的身影：《尔雅》称之"形如鼠耳，丛生如盘"；晋代陆机《疏》谓之"白华细茎蔓生，可煮为茹，滑而少味。四月中生子，正如妇人耳珰"；唐末的温庭筠曾以"白头翁"对"苍耳子"；元代成原常的《寄周平叔求苍耳子》诗中有"五月采来苍耳子，几时分送白头人"；李白的《寻鲁城北范居士失道落苍耳中见范置酒摘苍耳作》却是"不惜翠云裘，遂为苍耳欺"；杜甫在《驱竖子摘苍耳（即卷耳）》里则说："卷耳况疗风，童儿且时摘"……苍耳虽为杂草，多生于荒野田间，为世上常见、极不起眼，然面对人间风雨却能泰然处之，迎着风雨却能倔强生活，不但展示出超强的生命力，果实还可供药用造福人类，这种品质，竟然像极了我身边的青年诗人李君来。

君来童年于临沭，生于农村的他是家人中的骄傲，更是同伴中的佼佼者。大学期间，写文作诗、参与文学社、书法协会，是学校中的活跃分子，毕业后选择了一家令人羡慕的事业单位，正所谓风华正茂、意气风华、前程似锦之时，却在一次公务出差时突遇车祸，自此，他的人生轨迹被彻底改变，开始了另一种截然不同的人生。

这样的人生一晃就是十五个春秋……

十五年来，君来的生活平常如苍耳，既不抢眼，又不容忽视。他能坚持本真，面对厄运，不但选择乐观坚强，更能从命运的夹缝中探寻诗意，表达自己的生命体验和灵魂追问。

通读君来的诗作，无一首、无一句与苍耳有关，但我却从中读出了苍耳的那份倔强和执着。对不同人而言，生活际遇各不相同、风光各异。有的人位高权重、招摇过市，有的人香车宝马、极尽奢华，有的人粗茶淡饭、闲情逸致，有的人风轻云淡、宁静从容。君来及其作品《时间轴》属于后一种：以时间为尺轴，以诗歌为载体，默默丈量生活的广博与厚重。

有人说，人类不能没有诗歌，根本在于心灵需要守护、精神需要解放，思想需要深入到最不可言表之处。因此，面对广博厚重、旖旎婆娑，也不乏沉重和苦难的生活，姿态万千的诗歌便成了一种最有效、最直接、最受欢迎的表达方式。在我，无论偏重个人表达的"言志"，还是偏重社会功能的"兴观群怨"，从本质上讲，诗歌都可看作是对万千生活的记录、反映和指向，是作者通过文字描摹生活的一种艺术化行为。但好的诗歌，毫无疑问应该凝聚作者的真挚情感和深切体悟。在《时间轴》对浩荡时光和烟火人生的娓娓道来中，我们会看到：渐行渐远渐沧桑的故乡，操劳一生重病离世的父亲，年复一年渐次衰迈的母亲，天真无邪奇思妙想的小侄女，成年后四处漂泊离散的童年伙伴，诗酒相酬以文论剑的同道文友，还有被风吹走散落天涯的那些花儿……作者用充满灵气的文字，在安静的叙述中，让那些鲜活的形象生动呈现的同时，更倾注了浓郁的情感和对美好生活的向往与感悟。

君来呈现的是安静写者的形象，带着思考向世间万物敞开心扉："十年也不过一顿饭的工夫 / 我发现 / 有人把三生石扔进 / 你的湖心"（《日子》），描摹着时光的匆促和世事的无常以及若隐若现不可捉摸的情愫；"乌云压得再低也显辽远 / 路再逼仄今天也空旷无比 / 雨水洗过的村庄没有一丝邪念"（《村庄》），凸显着作者对村庄十分矛盾的亲近与疏离中的情感冲突；"落叶却没被卷走。有些庆幸 / 坚持

了一会儿 / 便转身上了楼(《《生活需要感谢的东西太多》)",
用一颗执着的玲珑之心, 观察、记录可以打动心扉、安放心
灵的生活细节, 仔细观察一片枯黄的落叶, 一块不大的石头,
一阵吹得很长的风, 深刻体会生活带来的万千憧憬……

诗歌以隐为长, 君来却反其道而行之, 在自己的处境之
中把问询的结果直接抛给世界, 他不是等待谁的回应, 更不
会奢望时间会给他设想的答案, 而是勇敢地迎向它们以及自
身的命运。"一次车祸把我推向另一个 / 空间。谈车色变 /
一声咳嗽让父亲和白血病 / 握手。胆战心惊 / 一生都在演绎
一个 / 故事。悲欢离合"(《一生都在修剪一棵树》); "从
临沂到日照 / 你要经过 / 九岭十八坡 / 才能到达你想去的——
海 / 路上, 像极了人生大起大落 / 风光只是一时, 那个点只
能站一个人 / 上坡下坡的过程才是人生真正的路"(《一场
戏》); "其实坚强是无奈的挡箭牌 / 行走才是活着的意义"
(《坚强的行走》)"; "总会在不经意间, 天就黑了。然
后 / 我就把黑夜当白天过"(《一座城市, 是一个布满虚幻的
道场》)……我们欣赏从生活感受中升华的、渗透了创作者主
体精神的艺术真实, 《时间轴》的刻度上, 君来用心用力用
情记录的是命运的转折, 是生活的跌宕起伏, 是人生的蜿蜒
曲折, 是在铺陈、想象中的努力克制, 是呈现出生活的真实
的不浮夸, 而读者读出的却是一份心酸、无奈, 是现实的生活,
更是君来不舍昼夜理智性的思考。

　　长诗是不好读的，更是不好作的。只因为它是座凝聚了诗人泣血合成的泥浆而建造的老式土坯房，能够唤醒记忆、感知，甚至是我们所遗忘的那些岁月的折痕。这些折痕，即使足够轻微，也足够让人疼痛，足够有理由让人泪流满面。都说人生如戏，可是那《一场秀》搅碎了多少梦呢？他的思绪也回忆、思考：回忆小时候过家家、上学时抄作业，他听说同龄人的成家立业、幸福烦恼，他看到了自己现有的生活；他以时间为轴，用怀念、审视、怀疑、叹息串成岁月的珠子，这些珠子里，有承受也接受。这是他的诗，也是他的生活，他参与着生活，却旁观着人生，只让自己理智地参与其中，在诗名里，在书叶间。

　　与时下追求"深刻"的诗人不同，君来的诗句第一印象是朴素、清澈，甚至看似有点"稚嫩"，却有着直抵人心的力量，让人感觉亲切。"敲门声响了三下／我确信／是有人找我了／放下多愁的笔／随即把自己拽了回来／思念就留给以后回忆吧／掐灭烟蒂／理理头绪和头发／似乎闻见迎春花开／精神矍铄了点／从书房到门口／快马加鞭／只用了一个意念就到了／两眼放光打开门／一股西风／却把刚刚梳理的头发／打乱／心／又灰到从前／步履阑珊（《幻听》）"；"听说今夜大雾。明天／看出多远／才不算虚度时光？（《世间没有笔直的路》）"这样的诗句，展开的是一幅平常的生活画面。这些画面带着家常的氛围，这样的心境带着些许的落莫和寂寥：在落雨的秋日黄昏，在一个不期而遇的久病的清晨，这样的感受，谁又没有过呢？何况是因为身体不便而只能长久居于室内的君来呢？因此，这些恰如其分令人熟悉的体会，便会让人油然生出一份感同身受的亲切来。

无言之言，让人产生联想，朴素之语更能打动人心。君来的语言是朴素的，《时间轴》用最朴素的平常之语，安静地诉说着内心的期盼、未知，因此使饱满的意蕴和情感，多了一份自说自话的孤独和怅然。朴素的语言、简单的道理，传达出来自于年轻却突遭人生不幸的诗人君来的这份怅然，除了让人生发出一份心疼之后，还会在反观其诗时，有一种浅中见深、言淡而旨远的诗学境界，令人感到意外的简括和沉郁，于平常中见到了一份不平常来。

曾多次走进君来的书房。房间不大，书也不多，却安静整洁。两桌几椅，一桌是书写用的电脑书案，另一处却用于喝茶。小小的空间，茶具却是齐全精到，摆放也是条理井然，全然让我这个身体健硕之人讶异后释怀：文字可以抚慰创伤；清茶里品味不一样的人生。而从这些生活的细节中，也让我感受到一份浓烈的对生活的热爱与热情。"此生命运只教会我，坚强／那我就做胡杨——死而不僵／站直不动也可百炼成钢／这是外人，永远喝不到的汤（《遗书》）"突如其来的苦难没有打倒君来，却磨炼了他坚强的意志。其实，在认识君来之前，便听说过他的故事，也听说过他对文学的坚持和面对生活的那份坚强。多年来，他以笔为剑，仗行天下。在笔耕不辍的同时，收获满满，《坚强的行走》集子出版后，广获好评；之后的日子里，更是笔耕不辍，诗歌、散文、小说、文化评论时有涉猎，尤其即将出版的《时间轴》这本诗集，文字越发娴熟，笔法越发圆融，情感也越发醇厚。这些书写，是君来对浩荡时光的记录，是对无常命运的挑战，更是对丰富人生的致敬。

人生就如同一首长诗。他在诗歌中完成了对生命的思考和感悟，也在人生中体现着自身的价值：很长的一段时间里，他克服久坐腰痛的不便，在家里，坚持为周边的众多孩子义务指导作文，孩子的家长们过意不去象征性地送些物品或学费，他坚辞不受；他还曾是知名文学网站"榕树下"的文学社社长、长期为我市知名文学网站"青藤文学网"做公益编辑，并为许多慕名的初写者提供无偿的指导；市作家协会的公众号，他更是热情支持，投入大量的时间和精力。有人说，好的作品就像一面打碎的镜子，它们在太阳底下每一片都闪闪发光。而我想说，君来人生的那面镜子打碎后，他没有因为不再健壮的身躯和不再完整的人生而苦恼，而是让自己破碎了的人生的每一块镜片都努力发出自己的光来，灿烂且熠熠生辉。

文学即是人学，文学照亮人生。诗人韩玉光说过："一个人为什么会写诗？在我看来，那只是一棵野草有了野火烧不尽的野心，一棵野草做着野火烧不尽的梦。"但一位作家、诗人，更肩负着继往开来，书写中华民族新史诗的责任和义务，因此，我祝愿诗人君来，成为一株真正的苍耳，在通往春天的路上，奋斗不止，生生不息；同时，更期待君来牢记"国之大者"，更多地面向时代大关切，思考时代大问题，书写出更多与时代同频共振的作品来。

2021 年 10 月 6 日

（张岚，中国作家协会会员，中国散文学会会员，山东省作家协会全委会委员，临沂市作家协会主席。）

目 录

第二辑：写给父亲的话

第三辑：致母亲

第四辑：坚强的行走

第一辑

现实与爱情

一场戏

自古逢秋悲寂寥，我言秋日胜春朝。

——题记

1
十年前的那场雨下得透彻，沁人心脾
城市新了，沂河水悄悄涨了
你兴冲冲地赶着回家报喜，满身欢笑
车提速了，行人也开始躲闪了
登上回家的客车，道旁树夹道欢迎
夏天的蝉儿是聒噪的，车上旅客袒胸露乳
抒发着自己内心情感，毫无避讳

家中的娘亲脚上沾满了田里泥巴
拿起水瓢饮净一瓢井水，衣服湿漉漉
狭窄的过道宽敞了许多，就连屋里也亮堂了
乌鸦被喜鹊赶走，蝉儿依旧叫着夏天：知了、知了……
风吹动了一下树干，夏天的雨又来了
蝉儿闭上了不愿歇息的嘴
世界暂时安静了，只有你和娘的心扑通、扑通
事情还在继续，路还要赶
心——提醒的那一刻被你，搁置在脑后

2
秋天，树叶黄的时候

你赶在落叶之前重回这座城
开始重新认识这座你待过四年的城和街道
楼高了，道也宽了，只是车变得更加拥挤了
进到此生常住的"家"，才明白
你对这座城的认知是陌生的
人人西装革履面带微笑，茶明几净地面发亮
格力立在那里吹着冷风，秋老虎还没走
人们却裹得严严实实、密不透风
让你永远看不清，面具后面的花花世界

才过几个月，你又重拾起你的笔
以前是写自己看的诗，做自己的试卷
现在是替别人写诗，为社会答卷
还好，重操旧业干起了老本行
学校的武装有了用武之地
仿佛轻车熟路，恰被万人推崇
同事们开始忙着给你介绍对象
心高气傲，不是。年轻气盛，有之
你走了你的路，任他人指指点点

3
登东山而小鲁，登泰山而小天下
胸怀宽了，心胸却虚荣了
为了坐上"专车"去参加朋友的婚礼
你登上了改变你人生轨迹的车
体验一回人生百态，未尝不是一次塞翁失马

经历过人间是是非非，恩恩怨怨
活，才没白活；活，才有意义
这是好多年以后，你想到的

去了鱼市，才知道世上的鱼多
去了医院，才明白世上的苦痛多
石膏、绷带，轮椅、担架，活着、死亡
病人碰头打脸，一瘸一拐，磕磕绊绊
悲欢离合和生离死别，医院是最好的拍摄地
看到了不一样，想的就也特别：活着真好

4
到海边，心情自然开朗，心胸
自然释怀。不管你心中多少阴霾
看着一望无垠的碧蓝，你不忍心违背它的阔
尤其，经历生死重见日头之人

从临沂到日照，你要经过"九岭十八坡"
才能到达你想去的——海
路上，像极了人生大起大落
风光只是一时，那个点只能站一个人
上坡下坡的过程才是人生真正的路
无论去海边，贴近自然；还是去西安，贴近历史
都只是一段旅行，你终究要回到自己的生活
回来

5

经历了人生生死时速，改变是自然

过去你选择别人，现在别人选择你

可，这也只是你的一厢情愿

别人看不起你是别人的自由，你看不起自己是你的悲哀

日子还得过，路还要走。愉悦最重要

看看白发亲娘，看看掏心掏肺的爹

才明白：亲人就在身边，从未离开

以前固执地为自己活着，现在你得多想想——她

花无百日红，人无一世糟

看清楚了，想明白了

人生，其实就是一场自己导演的，戏

2016.03.20

殇

天好冷，
心好凉，
冬天忘记添衣裳，
为啥？被情伤！

2012.10.01

抢饭碗

不知是几年没吃东西
干饭连吃五大碗
顺嘴把"稀饭"也给嘘溜了
这时，狗
都和你急了

2015.09.03

我是个听话的孩子

孩提时，我和丫丫一起过家家
丫丫做新娘，我是新郎
丫丫在家里煮菜，我下地种田
我们想象的未来，很美好
妈妈说：回家做作业，没出息
我信了，结果
我失去了儿时的快乐

上学后，我和妞妞是同桌
妞妞认真学习，我调皮捣蛋
妞妞给我抄作业，我给妞妞讲故事
老师说：不务正业，没前途
我信了，结果
妞妞早早辍学了，我失去了一个要好的同学

上班了，我和彬彬是同事
彬彬油腔滑调，我榆木疙瘩
彬彬有了工作失误，我替他善后，擦屁股
局长说：小李实在，有前途
我信了，结果
彬彬高升了，我还在原地打转

恋爱了，我和花儿是恋人
花儿十足的林黛玉，我做起了李莲英
我替花儿拎着包，她让我向西我从不往东
花儿说：不男人，不理你了
我信了，结果
花儿成了别人的新娘，我依然孤家寡人

现在，我和书过起了生活
书教我做人、写诗，我爱着书儿死去活来
我们相敬如宾，不吵不闹
书说：爱惜我吧。我陪你一生一世
我信了，结果
我做了诗人，而你依然安静地躺在那儿

2016.03.21

走丢的宝贝

我每天、每时每秒，都在
盘算着
如果和你遇见。何种方式
你能接受

亲一下额头，摸
一摸你的脸。会不会
唐突，吓到你

说一声：宝贝，累了吧
洗把脸，吃饭。会不会
亲昵，不适应

或者干脆喊一声，死孩子
还知道回来啊。会不会
心急，伤到你

我知道，这都不怪你
二十年前
哪个没心的家伙。拐走了你
我的心肝宝贝

2016.03.24

单刀赴会

昨夜，闯入世乒赛现场
左手横握球拍，打得
世界乒坛瞠目结舌
鲜花香，奖杯沉

在英锦赛的现场，遇见
丁俊晖。与其一决雌雄
两个中国毛头小子，让
奥沙利文们手足无措

当我赶到男篮亚锦赛的现场
易建联们已经举起，亚冠奖杯
金灿灿奖杯晃得我心里痒痒的
姚明也在傻傻地，笑

回来的路上，遇见了
孙杨，邹志明。和他们一一握手后
说好改天试试，看
谁能代表中国

一觉醒来。让我
想起高洪波那张拉长的脸
愧疚地说
我真的不会，踢球

残 · 缺

黑子，耀斑，风
看似毒辣的你，却
温暖了，母亲；照亮了，前路

上弦，下弦，圆
看似残缺的你，却
丰盈了，诗歌；填满了，乡愁

花开，花谢，泥
看似悲切的你，却
美化了，世界；肥沃了，大地

羸弱，孤独，犟
看似卑微的你，却
诠释了，父亲；彰显了，力量

奔放，收敛，体
看似多舛的我，却
沉淀了，记忆；开启了，新生

2016.07.03

现实与爱情

掀起记忆的幔，你
妙曼身姿依然，清晰可辨
在你离开的这段日子
老天总是下雨，我的心一拧
总能，流出鲜红的水来
里面裹着——思念的腥
和以前一样，我试图
隐藏这份慌张和落魄。傍晚时分
在破旧的窑里，继续
没命地抽着旱烟，想要用
缭绕的烟把眼睛蒙住，把心熏麻
可烟抽得越多，那排在空中的字
就愈发清晰：爱情没能打败她
我却被现实，打败了
那好！就把一切交给时间
让围观的人们，说三道四去吧

2016.07.06

夏日的夜

无聊的夜
在一场雨后，悄然
拉开了帷幕
而一向不哭的孩子，今夜
却哭起来没完。空调屋里
我的汗，被突来的雨
又引了下来。伏在案边
哭声，雨声和嗡嗡
空调声搅和着，无法进入
樟寿的鲁镇，查良镛的
武侠。心乱如折戟沉沙般
惨烈。此时我就想
泡一壶茶，把自己
装进壶里，水从壶嘴
流出的瞬间。我却担心起来你
拿什么来排解，这个
寂寥的夜

2016.07.20

诗人是个"傻子"

夏天是个狠角色，它能
剥光人的衣服给世界，看
女人是个尤角色，她能
扒光男人的衣服给自己，看
记者是个拽角色，他能
扯光罪恶的外衣给世人，看
商贩是个奸角色，他能
挂着羊皮卖狗肉糊弄你，看
明星是个鲜角色，她能
拿着呆萌给钱，看
书本是个忠角色，它会
捧着智慧给读者，看
理智是个好角色，它会
揣着明白给真理，看
时间是个铁角色，它能
让你永远不能回头，看
……
只有，也只有
诗人是个丑角色，她会
撕光自己的衣服给别人，看

2016.07.23

心中的"诗人"

从前
你的一句诗行，迷得我
茶饭不思，神魂颠倒
心里无数次临摹你的样子
玉树临风？面目猥琐？
对我，真的都不重要
拼命地给你，写信
尽管封封石沉大海，也未能浇灭
我心中的那份膜拜

现在
透过网络的线，我能清晰地看见
你的模样和你的诗
带着戏谑的心思，给你去了封
邮件。得到签名书
还有你写给我的诗行
捧着朝思暮想的东西
却怎么也高兴不起来

酒没戒，可我今年 36 了

2016.07.24

夏天的去处

七月的风是经过烤箱，烘焙的
风去过的地方一切，静了下来
树儿，花儿，草儿
像斗了一夜的"地主"
打起了盹儿，恹恹欲睡
如蚊香，熏的生命
只有汗珠发出一声，闷响
砸在了地上，尘土飞扬
陆上不能待了。捧着
胀大的头颅，想了一个万全之策
潜进海里，40 米深就够了
阳光能照得到，却够不着的地方
潜伏。无聊的时候还能
透过海水，看看天
蓝蓝的天，带着晕。偶尔
一只"夏天的飞鸟"，掠过……

2016.07.29

聚会

圆桌上，一帮久别重逢的人
端坐。山珍海味，美酒光杯码得
整整齐齐，秀色可餐。让我
想起从前，一派狼藉
瓶倒杯歪，三三两两脸红
发乱的人，勾肩搭背
而如今
世界，都规矩了。每个人
抱着手机，争着抢着
想把这份情义装进，朋友圈
孤独踢给我，索性
把这份心情悄悄地
丢进杯中，就着烧酒
倒进胃里，任其翻江倒海
苦笑着抹了抹嘴，离开
没被，任何人
发现

2016.08.01

生活就是"扯"

一场拉锯"马拉松"过后
兔子瘫坐在草地上，梳理毛发
乌龟四爪朝天，晒太阳
为了调节气氛，她们聊起
蜗牛恋家，慢得懒散
燕子念旧，又回到去年的家
这个夏天，她们怎么也逃不出
那个村庄。河的对岸
袅袅炊烟，燕子巢穴边
正在进行着一场，世纪对话
蜗牛对于"高空"倒挂，早已习以为常
为了这次对话，蜗牛
昨晚就启程赴约
燕儿正给雏燕，喂食
对于"远道"而来的，蜗牛
礼遇有加。她们聊起家常
寒潮之前，带着一家老小
回南方。春暖花开
再回来看您，老朋友
您走后，后山悬崖还是我的练武场
"蜗"也会再回来，因为
有您。剩余的时间
他们聊了聊乌龟、兔子，算是

话别。我坐在电脑旁
和一位老友，说起了家长里短
事后，自责自己的轻佻
老友安慰说，谁
不背后议论人，谁又不被别人
背后议论。于是
我们又谈起了，卞之琳的
诗

2016.08.02

幸

——记浙师大王琳临沂行

被你相中，我
早早去了站台
不是为书，是同学四年
不是为情，是与你相见
听说，这次来
携妻拥子，故地重游
拖家带口，了却多年愿
为尽地主谊，我们
筹划了两天。看你
看，西北是否盛产女汉子
看，阳关外是否还有"故人"

站前，头顶那片云
洒下的不是雨，是相见泪呦
桌前，端起的这杯酒
不是让你醉倒的迷药，是
一年太快的感慨万千
老同学熟悉，用三言两语
道不尽。不如、不如说说她
智慧贤淑，温文尔雅
盛装之下，裹着
豪情万丈光。此生

未被命运打倒，却被
一杯酒，灌醉

秦晋之好，甘鲁联姻
山东之幸，淄博之幸，临沂之幸
甘肃之幸，金华之幸，王琳之幸
2021 年之幸，我们
都懂了……

2016.08.06

风·雨·雷·电

1.
往日的风
哪怕狂躁不羁、燥热满身
哪怕吹乱一头华发
带走些许汗珠
身上热，不减半分
心，是平静的
有一天
裸露在空调之下
像极了，青蛙
慢慢地，身体被
风干

2.
往日的雨
哪怕山洪暴发、雨急如注
哪怕逼入孤岛悬崖
带来一丝恐惧
胸中乱，不增分毫
心，是安静的
有一天
暴露在酸雨之下
像极了，跳蚤

丑陋里，不停
上蹿下跳

3.
往日的雷
哪怕鼓声震天、清脆斥耳
哪怕半夜从床上坐起
带不走耳鸣心跳
心，是包容的
有一天
暴露在霹雳下
像极了，胆小鬼
捂耳朵，转眼
瑟瑟发抖

4.
往日的电
哪怕微弱如萤、时亮时灭
哪怕整夜蜡烛陪伴
带不来通体光明
心，是接纳的
有一天
裸露在霓虹下
像极了，祥林嫂
暴跳着，瞬息
牢骚满腹

我们之间隔着一条河

许多年前，从对岸泅到这里
翻书，听雨，散步，望月
偶尔有风从对岸吹过来
我却忘记了，用什么泳姿游回从前

2016.08.11

里约奥运会碎想

赛场上万人空巷，人来人往
运动员与裁判员，较量和是非
运动员挥洒着汗水等待着裁判员，裁决
"上帝之手"轻轻一掠
碾碎了多年的梦和想。原来
竞技场就是一个社会

有人的地方，就有肮脏和美好
有人的地方，就有成功与失败
而我只闻见了，鲜花和掌声

2016.08.11

游荡在秋天里的魂

秋天来了吗？秋天真的没来
月光里，装着毒辣
北极星睡眼惺忪，影影绰绰
墙角的葫芦，天天被人呵护
从春到秋，却也
心不在焉
梦里江东被一泡尿，呛醒
赤身裸体奔向南山脚下
穿过胸膛的风
不知道，从哪里吹来
但我知道，她会把我带到哪里
安放

2016.08.13

衣"锦"还乡

往事如一部经典老电影
不时拿出咂摸一下
很有味道。满脸泥巴
被揎了一巴掌；撕裂的裤脚
得了一身怨；田间偷懒
被骂得狗血喷头；抢先动筷
被睨了一眼，爹还没回来……
今天，我放下县长的身份
拾起儿子的皮囊，回来
您，拽来杌子
用袖口
抹了一下

2016.08.13

给德峰写点东西

昨天，大学好友、同室舍友
从东岳脚下归来，看我
其实十年聚会，刚过去一年
也就一年。却如
"一日不见，如隔三秋"般，凄凉
设一宴，推杯换盏。聊聊十年前
同窗之谊；说说十年里
酸甜苦辣、苦尽甘来。激动处，泪
几次落下。他说起他妹妹
不离不弃的故事；我想起，那些
心酸往事。糅杂一起
感觉是，悲情、励志
暖心的，小说素材
他，带来让人心动挂件
我，搜肠刮肚找了一幅"茶禅一味"
给他。见面唠嗑，互赠礼物，把酒言情的桥段
对于，再通俗不过的剧情
对于，喜欢写点小心情的我
再一次，落入世俗窠臼。他走后
拿起挂件，摩挲
徐科琳送书，德峰送挂件
朋友最懂我。突然发现
挂件是桃木的

童年

你做新娘，我做新郎
用最传统的婚嫁，坐"轿"
跋千山，涉万水
汇成一股，力量
两小无猜，心无碍
无忧无虑，天空蓝
多么怀念
老时光

2016.08.19

靠山

那一年，好想找个靠山
开启生命中，另一段旅行
已经不记得，怎样的一个开始
但我看见了，怎样的一个结束

你自告奋勇，我来
帮你寻得一个靠山
我半开玩笑，如若寻不得
你，便是我的靠山
你，莞尔一笑
那一刻，似乎看见了明日曙光
蒙山高，沂水长
冬日里都是暖阳
秋千上，月光下
织女伴牛郎

熙熙攘攘中，我看见了
你的乖巧，你发现了
我的善良。你
做了一个惊天决定
我做你的靠背，你做我的大山

相处以后，才发现

做朋友容易，做恋人真难
就像隔壁老王，在他眼中
只有翻跟头，才是真实生活
而老马却说，那不是我想要的
生活
白雪公主遇上了小矮人
他们之间只存于朋友
而永远成不了，恋人
像极了油和水。只能相互依附
却不能，彼此相融

与其相互伤害，不如彼此怀念
既然两只刺猬不能抱在一起
取暖，不如放开。欣赏
认识这么久
唯有在这个问题上
我们的意见，才最统一

走了一圈，回到原点
才找到生活答案
你的靠山，原来就是你
自己

2016.08.21

盖房子

奶奶说，我三岁
你们就进城盖楼去了
爸爸垒墙，你和灰
在家里，奶奶和我
也一起和泥盖房子
奶奶还说，等我把房子盖好了
你们就回来了
可我和奶奶盖的房子
怎么老塌呢？

过了两年，我不再和奶奶玩了
却每天在羊肠道上带回一身泥巴
用攒起的泥巴，捏成你们的样子
泥巴都变成了古铜色。还是没能
看清你们，到底是黑、是白
奶奶的头发却开始白了

那我一个人，上学去好了
书包脏了，我和奶奶一起洗
我们的手老是打架
奶奶就笑，我为啥就笑不起来呢
你们在那边，也一起洗衣服
一起笑吗？

为什么我什么也闻不见呢

现在，我都能替奶奶去镇上
买种子了。奶奶说
到镇上就五里路，可我每次
用步子量，都有十里
是我步子不准吗？还是
奶奶一直在骗我？

知道吗？有一次
买回来的种子，在半道上弄丢了
我回来哭得满脸泥巴
你们是不是也把我和奶奶，弄丢了
当我看见，漫山遍野里
长出油菜花的时候
城里的楼，什么时候能盖好呀
你们怎么不跟我，说实话呢

预见

我，在一个清晨老去
静静的村庄还和往常一样
隔壁二娃背起书包，蹦蹦跳跳上学去了
狗蛋媳妇草草拾掇一下，会情人去了
卖豆腐的老妪还是那个点，从我家门口经过
只是多了几个，看热闹的人

在草席卷起之前
熟悉的人来给我，做最后一次道别
有的人，把咸咸的东西滴在我脸上
有的人，偷偷把唾沫抹在眼角
我知道，他是做给别人
看的

2016.08.29

孰是孰非

胜利和小芳，结婚十年了
有一天到我这里闹着要离婚
我问，告诉我一个过不下去的理由
胜利说，她老在家里上网。不打鱼
小芳道，他喝醉了酒。就不理我
说完后她俩各自扭头不看对方
我苦笑一声，这个借口不成立
回去想好了再来找我
四点了，下班了。散了
尾随着她俩经过一片玉米地
分明看见，小两口
搂腰搭背，钻了进去

2016.09.08

一生

看，琳琅满目、花样翻新的菜品
感觉这次，自助火锅来对了
先瞅见一堆，鲜嫩欲滴的蒜
抬了下头，回来再拿也不迟
肉食区，红烧肉不拿了
鸡腿，鸭翅，猪蹄不要了
拿份鹅肝，几片牛肉吧
海鲜区，鱼儿有刺，不要了
螃蟹有壳，不拿了
拿几个大虾尝尝吧
青菜区，金针菇塞牙，不拿了
土豆一煮就没，不要了
拿点香菜之类的，将就吃吧
主食区，馒头，米饭闻腻了
拿两把手擀面，常来常往吧
托着丰盛的托盘回来
寻找那堆鲜嫩欲滴的蒜
为什么只剩下，一头干蒜？
狐疑之下一着急
算了，这个"梦"不做了

2016.10.06

说"人"

万物，没你想的那么简单
水简单？即使纯净水
也少不了氢二氧一
空气简单？即便新鲜空气
也少不了氧气，氢气，氮气，二氧化碳……
你会说，氧气们单纯
可她们不是，原始存在

现在，抛去水和空气不说
单讲一个裸体的，人
也绕不开钙铁锌硒，维生素
一个善人，也会有恶念

2016.10.18

枪打出头 "鸟"

割草机拂过绿色的草坪
原打算让她们齐头并进
可，缺乏管束的野草
不久就被当作出头鸟，做掉
像极了隐藏在人群里的细作

2016.10.29

日子

眨眼一天过去

十年也不过一顿饭的工夫
日子怎么就过得如此之快

一天我发现，有人把三生石
丢进，你的湖心

2016.11.01

今天有点冷

清晨，和往常一样
趿着拖鞋和睡裤，精着膀子
急匆匆奔向卫生间
要把积攒一晚的垃圾，卸掉
窗外频传机器轰鸣
伴随鬼哭狼嚎的风声
我拨开窗户偷看了一眼
热火朝天的场景挤进一阵冷风
一个寒战
让我想起倔强的老爹
简易工棚里连个小太阳也没有
寒冬已经来临
你心中的火，还旺吗
想到这里，心里火烧火燎
立马抓起电话
纵使狂风吼、黄沙走，爸
我也要去看您

泪，变得滚烫

2016.11.21

人不能靠假如活着

假如那天能够看见后来
我会倔强地把假请下
可是我没有

假如那天能够知道不测
我会自然地把锁锁在泰山之上
可是我没有

假如后来知道奔跑会变成奢望
我会坚持每天晨跑
可是我没有

假如知道有一天找对象那么难
我会接受朋友们的好意
可是我没有

假如知道有一天会与文学为伍
我会在大学时熟读唐诗宋词文学名著
可是我没有

有一天诗友出了一道同题：假如
我根本就未曾动笔
因为生活不存在假如

那天依然还会去参加那场活动
尽管后来我沉睡了 28 天

那天依然不会去买一把锁
把自己的命运锁在泰山上

依然不会去晨跑
还会和自己喜欢的篮球，乒乓球和桌球纠缠

依然不会接受朋友们的好意
因为该是你的，总会来

唯一后悔的事，大学
没能读，好多的书

2016.11.27

你我想法之间隔着一座山

每次在树下看见你
都是一个人
眼角冒着寒光
似乎要和世界争辩什么
偶尔还用拳头捶一下无辜的树
那份恨，那份狠
仿佛积攒了千年
吓得枝条都瑟瑟发抖
不敢辩解……
每天在树下，一个人
抱着肩膀踱步
用左手，还是右手
才能把你攥住
迈左脚，还是右脚
刚好踏进你的梦。彷徨
惹得眼角生疼
某一个瞬间
心里一个激灵
握紧拳头狠狠地
打了眼前一拳
心里敞亮多了……
原来，你我想法之间
隔着一座山

孤夜

一个漫长黑夜来临的时候
拉来一把椅子于窗前坐下
望着对面楼宇发怔
一个窗子亮了
两个窗子亮了
三个，四个……
保持一个僵硬姿势数着
就像孩提时数羊
一个窗子黑了
两个窗子黑了
三个，四个……
夜慢慢深了
心中一弯残月挂不住了
险些坠下
大家都睡熟了
做着发财梦
做着成名史
做着一夜春宵
而我怔怔地坐了一夜
在黎明前最黑暗的时候
伸了个懒腰……

2017.01.05 凌晨

行当

网络主播这行当
挺赚钱的
一天削尖脑袋挤了进去
讲《道德经》
他们说，神经
讲《红楼梦》
他们说，做梦
讲《羊脂球》
他们说，滚球
讲《悲惨世界》
他们说，脑残
讲陶行知
他们说，无知
讲向秀
他们说，不如作秀
讲托尔斯泰
他们说，变态
讲高尔基
他们说，不如搞基
……
忙活了半天
一个子却没捞到

2017.01.05

女人开始为难女人

那时候
我岔岔说
看，这个禽兽又虐待孩子
你皱了下眉
随后又舒开
"管他呢"
继续逛你"唯品会"

今天，你差点把手机摔了
"奶奶的，这种人就当活剐。不配当幼师"
看着你微微隆起的肚腹
我笑了
终于正常了

2017.01.07

故乡的土

离家时，学着先人的样子
掊土于碎布中，用丝线一道道
扎紧，搁在离心脏
最近的位置，安放
沁人心脾的泥土香，陪着我
从春到冬，从这座城市
迈到那座城市，年复一年
匆忙把空闲挤到街角，心情
愈无暇顾及这包从家乡带出的
土。直到鬓发斑驳，褶皱
满身，无意中想起
放在身体深处的，一抔土
怀着愧疚、敬畏的心，小心翼翼
拆开。土，比普洱饼坚硬了
几倍。触手
凉凉地，沉沉地，仿佛
充满了哀怨和痛。试着
用舌头舔舐了一下
咸咸的。才发现
这辈子汗水，全都
躲进，这包土里

2017.01.08

给自己起个敞亮的名字

谁说先人不时髦，谁说前辈不潮流
唐宋八家、竹林七贤、初唐四杰
建安七子、扬州八怪
听
哪个名字不文艺；哪个称呼不美丽

爱美之心人皆有之
也虚荣一把，给自己起个敞亮的名字
——河东耕夫
好了，不闹了
地都荒了
耪地去……

2017.01.09

脑残粉

一本书
打八折
三十一块二
"太贵
这个月饭钱都没了"
当铁粉，脑子都锈掉了
精神食粮不要
也就罢了
怎么把物质食粮
也搞丢了

2017.01.09

给"年"说几句话儿

1

日子过得比流水快多了
流水把河道冲得比乳沟还深
可日子连个影子都没留下
年初打了一套家具
样子都没变
年，就到了

2

老人说小年过了、十五头都是年
我咋感觉小年未到
"书法家"的春联就把年给吵醒了呢
到了这岁数就怕过年
每到过年就在想
黄土离头顶还有多远

3

岁末年初的闹腾无聊透顶
迎来送往能加深感情？
我看都是虚的
是朋友，有困难指定会到你脸前
伪朋友，你巴结再多也是羊入虎口
还不如歇歇，看看闲书、读读"刘年"的诗

4

过年送些虚伪缥缈的祝福也真是自欺欺人
命运要真是那么听话
神仙都得喊你老大
还不如给老许，老徐，老范挂个电话
找个时间，一起喝盅
见面的日子越来越少了

5

老爹，老娘脸上皱纹越来越深
老年斑用粉再也盖不住了
过年水饺边上再添一份软和饭吧
省得您们说牙疼
闹得年
也不是年了

6

鞭炮少放点吧
我知道霾不是因为鞭炮，可
今年二胎的孩子还在睡觉
我也打算构思点诗歌过年
别扰了我们
清梦

2017.01.16

化妆

我与文文半年未见
七岁孩子高了一头
相见只一袋烟工夫
她便拿起画笔与我
化妆。顺说了一句
画了，我便是糗鬼
不画，我就是真人
你愿意见人还是鬼
话落她立即消停了
不知她到底懂没懂
我的话和话里意思

2017.01.22

冰山

冰立，成山
身坠，入渊
我，一往无前
心，立地为仙

2017.02.07

写给春天

春天，发情的季节
春天，藏满故事
春天，蓄满阴谋
春天图片，目不暇接
草儿，萌动了
树儿，行动了
空气，温润了
泥土，酥软了
冬眠虫儿也动了一下
人更是泛了春心
梦想和奸情一起相互挤对
不知是否能惹来
一场春雨
把眼睛洗亮
把心地涤清
让空气弥漫出春天
真正味道

2017.02.11

腕表

曾经有个劳力士的诱惑
臆想无数个夜晚
绚丽于腕间
惊醒于时间
如同窈窕女子的浅笑
风情万种在逗留，流年中
亦如爱人踏进臂弯
牢牢把对方套住
就像时间锁死黑夜，白天
暑九寒冬年复一年……

打算本命年的情人节
圆自己这个梦
谁曾想
一个朋友告了密
情人节真正含义
瞬间
腕间吹出一阵寒风
瑟瑟发抖
梦也跟着，破了

2017.02.14

第一场雪

2017 年的第一场雪，下在春天

过雨水
心便解冻了
忽闻夜晚有暴风雪
夜间雪好
过了暖夜看银装素裹
簌簌雪从枝头落向脸颊
堆个雪人献给春天
定是极美画面

一早
推开房门
颈下纽扣又扣上一枚
美美的，心舒畅
踩着吱吱雪声出小区
不知在何时开始
大爷，大妈们正热火朝天
口中哈气顿时把心
碎了一地

2017.02.22

三八节写给雪儿

这一天
让我想起童年三八线
只是线那边换成了你
思念成了止不了的咳
童真，没变
单纯，没变
记忆，没变
时间，也没变
我，又能怎样？

前两天一见，她
更加美丽了
那你呢？
我想，一定也幸福了吧
春天花都开了
雪花也在我心间
吐了蕊
百花齐放着

2017.03.08

回头草的悔

风
从背后吹来
一不小心
把你弄丢
来时路
早已熟记于心
后悔啊
每次转身
真该把心里蚜虫
早早掐死
坏了一场千古绝唱
可
这又能怨谁呢

2017.03.16

幻听

敲门声响了三下
我确信
是有人找我了
放下多愁的笔
随即把自己拽了回来
思念就留给以后回忆吧
掐灭烟蒂
理理头绪和头发
似乎闻见迎春花开
精神矍铄了点
从书房到门口
快马加鞭
只用了一个意念就到了
两眼放光打开门
一股西风
却把刚刚梳理的头发
打乱
心
又灰到从前
步履阑珊

2017.03.17 夜

我真的憋不住了

我讨厌写诗，一处心酸两处闲愁的诗
或者说讨厌别人把我写的东西叫作诗
感觉那帮喊口号的人都是有目的的
动机不纯的，龌龊猥琐的
我先天其貌不扬吐字不清
也变得开始怀疑我的表述是否清晰
是不是该把自己的状态先注明一下
但又怕漏了私处难堪
一直就犹犹豫豫裹步不前
可有的人看见我呆若木鸡地杵着
就开始浮想联翩妄加揣测
脑袋挂在别人的躯体上我又能怎样
你比如春天解冻转暖风丝很甜
说少女轻装险些漏了春光
别人就以为：你看这家伙多媾色
又比如一场春雨过后
说有几个被埋进了土里又有几个出头？
别人就以为：你看这家伙多阴暗悲观
再比如莫名说句
没有过不去的火焰山
没有蹚不过的流沙河
别人就以为：你看这家伙多狂妄夜郎
以至于到最后

我就想了不敢说，说了不敢写
即便记录下来也开始讨厌
讨厌别人把我写的东西叫作诗
或者说我讨厌写诗，一处心酸两处闲愁的诗

2017.03.18

芫野，也有勃勃生机

昨夜想到一句很哲理的话
醒来却怎么也记不起了

前天遇见满枝花儿
再回来一场雨惹来满地杏黄

去年一脸阳光风流倜
坐至今日却撩冯唐

路上
仿佛错过了好多东西
好些人，好些事
不免伤

回头看，细思量
错过的
原来也只是路过

旋即，一脸苦笑
送了自己

2017.03.31

清明

清明刚过去两天
就发现日子了无趣
拿来笔涂鸦
画了一条鱼，三条虾
一个乌龟和王八
总觉得画面还是不够美
捻断根胡须
吸纳一口烟
狠狠心把你塞了进去
画面突然变得
好有喜感

2017.04.06

总有一个人能看懂写了些什么

三月二十四
四月二十五
五月二十六
朋友，亲人和我
多有意思的递增
生活日渐丰硕
日子日渐丰盈
羽翼丰满
每天都生日快乐
快乐似乎如水平常
日渐变幻的容颜
容颜易老
周而复始的日升月落
月落无边
心，日渐平静
如水，如春
似秋

这么快就看透，人
这一辈子

2017.03.24（阴历）

由表及里说

从大明家到江都店
满打满算也就三分钟的路程
我预留三十分钟。结果
十五分钟完成了跋涉
从起笔到小说竣工
绞尽脑汁也许半年的日夜
我预留两年。结果
一年完成了笔耕
由此我想
好多路
没想象的，那么漫长
好多事
没想象的，那么艰辛
经历过
才知——深浅
尝试了
才会——美满

生活
不过如此

2017.04.22

建了拆除，穿上脱了，辛苦啦

三期工地边上
夜以继日搭建个美轮美奂
建筑。做了厕所
有一天工程结束，眼没眨一下
拆了。一如这些年
穿上的衣服遇见床，顺理成章
扯下。不厌其烦地做着
明知结果要一丝不挂的事
人们却乐此不彼，心甘情愿
……

搬出生活大字典阿Q式上下
检索。得出结论
辛苦堆积的和顷刻推翻的
只是一块，遮羞布
没承想
墙角旮旯的摄像头
把不起眼的细节，拍了个
正着……

2017.05.03

以诗歌的名义出走的

你的一次远行，让我
平添了一分秋事
甚至想到徐志摩和戴笠
明知和济南无关
和飞机无关。但
总会没来由
无征兆
担心，害怕
我知道这样说出来
会遭到你的口诛笔伐
但没关系。因为
听到你归来的消息
我的心
平安着陆了

2017.05.17

车祸面前，我们都败了

九岁娃娃和十五岁的少年，相撞
少年败了
十五岁少年和四十岁的汉子，相撞
汉子败了
四十岁汉子和我，相撞
我败了
这情节都来源于
两个孩子的一场意外
病床前的一个场景
还有朋友圈我偶然看见
我们都败了
败给了，眼泪
和现实

2017.05.22

闲话五月五

1

五月五这一天，对于我

和其他日子没什么两样

只是比前两天凉快了一点

2

其实并不是微信来到我的生活

而是我，早已驻进微信

朋友圈比自缢绳勒得更紧

3

今天朋友圈看到最多的，粽子和屈原

而我更纠结的是妈妈吃没吃

忙乎一晚的粽子和粽子里那个枣

4

看朋友圈有时候也不是一件坏事

关键是好友里是些什么样的

人

5

今天又"看见"刘年和他的《口琴》

其实我的心里一直也住着一个口琴

只是从未吹响过她

6
五月五这一天，真的
和其他日子没什么两样
只是比平常更想她

7
俗人都这样

2017.05.25

一句话就能击碎我

我有一个弟弟
他日子是清苦的
对于手不缚鸡悠闲的我

他在石板厂出力
一天跟我讲
磨石柱子很赚钱
一个五块钱一天三百多
我问一根石柱多沉
他笑笑说，一百来斤
我问用不用搬
他说，搬上切割机就好
我问搬它们的动力是什么
他说，我搬的都是钱
就这句
真真把我击碎

虽然手不能缚鸡
但我也曾铁石心肠
此刻对弟弟我却怎么也，硬不起来

2017.05.30

腰带传说

传说，一根腰带
可以拴住一个人
甚至套牢，春秋冬夏

将信将疑。把你送的
腰带系在夜的腰间
傻傻地等，一季花开。结果
你去了别的地方
音信全无
过了两年
腰带也烂掉了

才发现
有些传说，是不可信的

2017.05.31

朋友圈是有节气的

1
堂而皇之闯进生活
大有主宰的味道
手机党离不开微信朋友圈
一如男人离不开女人
女人离不开家

2
看似杂乱其实有章
每一天内容都和"节"有关
不论传统还是崇洋媚外
不管"爱不爱"
都会凑一凑——热闹

3
观其然也茫然
如说半个不字
定会被冠"大逆不道"不懂风情
引来半斤唾沫一两盐
寝食难安

4
一"赞"而过有之

笑而不语有之
自愿的，违心的
总之，视而不见
我却做不到

5
朋友圈变换的是"节"，不变的
跟风雨
还有二两空虚
这个社会太需要存在感
真情，假意

6
顺其自然吧

2017.06.01

皮筋的威力能使人哭笑不得

数以千计的看客
盯着屏幕
目不转睛了一晚
西瓜被数以万计的皮筋
勒得瓜汁四溅
看客笑了
我却想哭

一个女人为了尝鲜
花了五百大元
买了一百五一斤的螃蟹
十八根皮筋占去一斤
蟹钳没弄哭女人
皮筋却把女人惹哭了
我却笑了

2017.06.04

芒种这天

大家都在忙
村里人忙，农事
城里人忙，楼事
老年人忙，舞事
年轻人忙，房事
广场舞遇见篮球
忙"战事"
事事不断

我也在忙，心事
有首诗放在肚里
如水饺下锅
要设法把它捞出来
放在纸上
风干
要不它就乱成
一锅粥喽

2017.06.05

母亲的生日

1
母亲傻傻地
告诉我记不清了

2
从我记事起
母亲就记不清自己生日
只说了几个无效信息
娇小如出生的猫
奄奄一息被扔在锅台边好些天
生产队一个大伯用米油
把命捡了回来

3
直到大学毕业
用尽各种方法推算
也没得出子丑寅卯
这成了我
一块心病

4
过了甲子
母亲也没有属于她

自己的生日

5
有一天自作主张
把我生日给了她
虽然母亲有点不情意
但我看见母亲笑了
就像我出生那天
母亲笑得一样
好看

6
母亲
其实您是有生日的

2017.06.07

写"诗"的人

饱暖思淫欲的年代
易，放荡。发情
于是大批识字人
削尖脑袋
往土里钻
想要长成，一棵树
殊不知
要么营养过剩
要么消化不良
要么为赋新词
要么东拼西凑
要么生拉硬套
……

到最后
又有几个
发育，成型

2017.06.10

慢生活

1
掀起慵懒身体
八点了
昨晚看"家国"连续剧
放慢了时间

2
收拾好床铺刷牙洗脸吧
虽然它会用去我一刻钟
可总不想
蓬头垢面生活

3
昨晚闻见卧室有不和谐的味
该给花换换水了
一如我偶尔出门呼吸一下空气
没有人喜欢与世界脱轨

4
《文化苦旅》还没有翻旧
总觉得对不起这个书名
不小心又翻到《这里真安静》
觉得这世界巧合得有点诡异

5

文稿校对修改完后
仿佛生活一下子不真实了
案上君子兰两年没开花
想了半天也没找到答案

6

天，黑了下来
英伦三岛却日头正盛
其实白天会黑，夜也会明
就像轮椅的百草园芳香四溢一样

7

为了对得起身体
尽量让自己有点困意
再看看书中的"家国"
发现改编的没有书上的让人震撼

8

困了就睡吧
明天还会有一个日出等着
一个人
也挺好

2017.06.12

四合院

1
我有一个梦想
如果过了花甲经过耄耋的话

2
在山脚下
建一个坐北朝南的四合院
院四周一定栽满竹子
我要让院子四季常青

3
老了
我想我肯定喜欢热闹
我会邀上三个朋友常住
只要爱好聊天就行
如果有多余的钱
再雇上一个老妈子
洗衣，做饭……

4
如果我想静静
我就回屋自己喝茶
让他们三个糟老头斗地主

弄不好会憋出几句诗
再去读给他们听

5
屋里放满书
失眠了就看一会儿
电脑，手机都不要了
因为山下的院子喜欢清静
院里只养几只鸡
一定要有只公鸡好提醒我几点起床

6
山下清晨空气一定是湿漉的
四个人排着队
像小时候做广播体操那样
在小路上晨跑
慢慢的

7
在院子四周开辟几个菜园子
种上菠菜，油菜，芹菜和辣椒
边上栽几棵花椒树和枣树
枣树下做梦是最美的

8
坐在四合院里看夜空

天圆地方
他们聊着他们儿女带来的欢喜忧愁
我没说话
四合院在老家的山下
那么天上星星和月亮就是我的

9
梦做得很美
不知道城里有几个老头
愿与我一同前往……

2017.06.17

日子让人越过越怕

阿星出生那年夭折
阿土九岁那年溺水
阿山十七那年车祸
阿娟二十三那年乳腺癌
阿水三十一那年葬身火海
阿猫四十四那年坠楼
阿珩四十九那年肠道癌
阿呆，阿火六十那年脑梗脑出血
没过七十三，八十四也一命呜呼

只有臭蛋
九十八那年才无疾而终

2017.06.17

父亲（一）

1
从记事起
父亲背就是弯的
这让我很委屈

2
羡慕明的父亲高大挺拔
尽管会因为调皮偶尔打他
尽管父亲从未打过我
但我想要，在帅气父亲背后
别人的目光

3
矮小佝偻的父亲
在生活里却总护犊一样
为我遮风挡雨。慢慢的
父亲形象变得高大清晰

4
"问号"身影从来不过问生活不公
燕衔泥一般
掉了，拾起，拾起，掉了
再拾起。一次次不厌其烦

瘦小身躯蕴含着无穷力量

5

自己觅食，接济家里

父亲仍没卸下肩上担子

倔强地看起，工地大门

仿佛怕家门被"敌人"攻破

巍峨身影成了我

此生无法逾越的，山

6

我也想做一个父亲

2017.06.18（父亲节）

笑侃刘年读者群

现在群成了"爷"的天下了
鸵二爷，又来了个王爷
过几天
我也得换个霸气的马甲
说不上比王八壳硬
起码也得和螃蟹皮差不多
那样我就可以低下头
横着走路了

2017.06.18

找张咱俩的照片发给我

今天这个日子。从你嘴里说出这句话
我很清楚你的阴谋。可对不起
咱俩没单独在一个镜头里出现过
除了那年，我躺在床上，你紧握我手的瞬间
可因为没人有心情记录那一刻
你我之间合影的事就空白了
咱俩出现在一个镜框里，被留下的
就十多年前毕业照了。你应该也有
毕竟咱俩都是恋旧的人
还有就是别的兄弟姐妹和咱俩平分镜头的
所以对不起，现在满足不了你这个要求
等有机会吧
我会把埋在心底别人触碰不到的咱俩合影给你
让他们看看咱俩，有多恩爱

2017.06.20

阳光照不到的地方

如同被关在笼里的燕雀
没多少人喜欢，这又如何
把自己看作一根鸡肋
是的。一根鸡肋

郁郁寡欢
孤立无援
独坐寒江
独守夕阳
······
这让我想到蜗牛
一生待在一所房子里
伸出头，喘口气
委曲求全
那我也敞开窗子
露个头，喊一声
我还活着了事
至于有没有人回应
关我鸟事

2017.06.21

错过

人生下来
就背负着错过

十岁错过了可爱
二十岁错过了天真
三十岁错过了恋爱
四十岁错过了幻想
五十岁错过了成熟
六十岁错过了事业
七十岁错过了夕阳
八十岁错过了后悔
九十岁错过了回忆
一百岁错过了生命

唯一 没有错过的
遗憾和留恋

2017.06.22

不让

浅显的字典里尽量不让一个字蒙羞
努力让她们找到自己位置
就像象永远不过楚河汉界一样
不让房脱掉美轮美奂的衣裳
不让汗水沾上流火
不让疯狗闯进我梦里
不让你离开我的桃花源
颠沛流离

2017.06.25

对饮

喝酒不是主要的。主要是坐下聊聊
聊聊《药》，假象和构建
聊聊似懂非懂的人生。看你傻笑
傻笑之后轻盈就会泄密
昨晚你的酒是佯醉的
我不揭穿。一起傻笑
到家微我一下就好
中午了，也没发一个表情过来
随口问句，到家了吗
"去河里找"
十年不下水了
还是拎瓶"沂河桥"倒水里
叫上草混子，拧沟和螃
我们继续喝吧

2017.06.26

谢谢，仓颉

从小到大试图把汉字排列成形
或方，或圆。心形更好
白天闯进黑夜，春秋赶走冬夏
才发现码字比积沙成塔难了许多
因为那个塔永远入不了庙堂法眼
更别说在景区停留一秒
一些路过的人总会安慰，别急
如若脑袋开窍铁树瞬间开花
狠狠心把脑袋开了"壳"
还是没能看见那些花儿

寂寥时还是码字
码字可以填满寂寥
寂寥很可怕
感谢仓颉

2017.06.29

捉姐溜猴

1
每年姐溜猴破土欲出
是小胡最忙的时候
就算白天累成一摊泥
吃过晚饭也会带上装备出发
雷打不动

2
昨晚小妹说
小胡开工了
"刚开始，定不会多"
不管几个，回来告诉我

3
姐溜猴小胡不会吃，也不会卖
悉数给我。所以
我更在意他捉住了多少
至于窜树林，钻坟地的过程
并不关心

4
十二点打雷了
要下雨

没来消息
明天，明天再说吧

5
120
像极了一个电话号码
下雨姐溜猴会雨后春笋
唯一没想到的
小胡冒雨坚持那么晚
他不吃，也不卖

6
小胡捉姐溜猴
我记录这些生活片段
不吃，也不卖

2017.07.01

不敢说是有原因的

几年前一位姑娘
代言"哪里不会点哪里"
几年后高考失利
得来，千人嘲讽万人讥笑……
尽管查证高考是莫须有的
但通过这件事
遇见朋友再也不敢说
友谊长存了
遇见老人再也不敢说
长命百岁了
遇见你再也不敢说
我爱你了
遇见……
再也不敢说话了

2007.07.07

向天"借"一人

这么多年
都会纠结先迈左脚还是右脚
跨过一个坎，越过一条河
所以这么多年来
没有"少小离家老大回"的感慨
但总有"身在家中心是客"
"身在曹营心在汉"的悲凉

多想"借"一人
为我，渡劫

2017.07.07

一路向南

生在黑龙江畔
小时怕黑怕冷
就随波入了关
想喝红嫂乳汁
壮壮自己体魄
不料历史不复
下江南试试吧
可吃惯了硬食
软饭不对胃口
无奈继续向南
南面还有鱼腥
直到天涯海角
直到无路可走
直到唯有下海
可没回头岸了

流浪，真
不是件轻松事
既然不比刘年
那就不做梦了

2017.07.08

梦里脚下千条路，梦醒眼前一片黑

这些年总会梦儿时嬉戏的小溪
走过的乡间小道
夜里数了又忘的星星
还有母亲手里那根柳条
这些年总是梦关于行走的故事
散步，篮球，骑车骑马
奔跑在熟悉或陌生的崎岖路上
还有女人手里那个饭勺
这些年总是梦那些没有去过的地方
戈壁，山丘，天涯海角
塞北，岭南，宁古塔
还有牧马人手里的那条皮鞭
但每次走远。都会通过蹦极的方式
找到，回家的路

2017.07.09

老吴

十八年前你出走的时候
第一站就穿了白大褂
后来一头扎进吃喝的行当
一待就是十四年
你喜欢过路边摊，街边店
喜欢过鸡，牛，羊
水饺，拉面和包子
后来你还是回了老本行
身份没变
还是老板
只不过白大褂上了粉
医院换了称谓
你换了头衔
十八年前叫"口岸医院"
十八年后叫"澜姗皇后"

说这些你一定很好奇
为何我会了如指掌
因为，因为十八年前的出走
根本就没能走出
我的视线……

2017.07.11

回忆录

都说人老了才会回忆
今天写老吴突然想起以前趣事
原来人无所事事时也会回忆

老吴率先脱离我们去了"** 医院"
我们举着情义的幌子去找老吴
说白了就是混吃混喝
到底是我们喝了地动山摇
姑且以为那场景的面子和里子都是真的
酒足饭饱，乾坤颠倒
错把病床当了温柔乡

现在想想
那时，那时真是病得不轻

2017.07.10

老屋

走过主街遇见遗弃校舍转个弯，下个坡
坡不陡，尖石丛生
下坡脚步要抬高一些，慢一些。悄悄的
再过一个拐角，三棵苦楝树环伺小燕树就是了
两间茅草屋。土墙容纳着四季的风
夜晚透过茅草数着星星就能安然入梦
太阳升起的时候，一切都是笑的
茅草屋，家徒四壁。小燕树和昨晚熏黑的窗棂
弹弓打穿的葫芦，石头砸破的瓦罐，还有
屋檐下被捅掉的马蜂窝。就沉睡在昨天的梦里
带着余温，装着余味。逗留着……

母亲陷在沙发里说，儿啊
娘要回老家住上几天。堂屋都长草了
当天子插脚无缝。不住人会倒掉的
我回了句，娘哎
您就安心在城里住着吧
老屋早就翻新了，结实着呢
母亲挠了挠头
什么时候的事……

2017.07.13

赴约

——记 899 书评人启动仪式

赴一场"家宴"
等待和去的方式
不重要
新手上路
不重要
车速和去六楼的路
不重要
繁文缛节
不重要
瓜果糕点
也不重要
总之，与"天气"有关的都不重要
重要的事情在读书会现场，一目了然
口吐莲花，琴箫入耳，书墨飘香
相视一笑，转首回眸，尔轻轻握
都是为一本书的约定
慷慨赴约

有书的日子
我，雷打不动

2017.07.16

钓鱼的人反而被鱼反钓了

连日来霪雨霏霏
洇透了心情
既然潮了
那不如
湿得更彻底一些
去水边看钓鱼吧
痴迷垂钓的哥哥一下子急了
端着晒黑的老脸瞪出白眼
万不可去
近日，人不宜沾水
（仿佛下雨与人类无关的样子）

前两天有渔者因为鱼
变成了牛蛙
有"史"为证
以史为鉴吧

2017.07.17

各个击破，最终自己却成了失败者

与阿毛，囡囡，蛋蛋和花花
老相识

阿毛泰山文艺主编，擅长诗歌
投小说给他
囡囡华山文艺主编，擅长小说
投散文给她
蛋蛋衡山文艺主编，擅长散文
投戏剧给他
花花嵩山文艺主编，擅长戏剧
投诗歌给她
几年间发表作品无数
幻想有天捧起文学奥斯卡

百年之后
尸骨无存，如一阵妖风

2017.07.19

屋漏偏逢连夜雨不是唬人的

1
昨天以前
我的心是干燥的

2
昨天傍晚
才知道老大的车被追尾了
错把油门当刹车的人越来越多
真为路上行人捏把汗

3
老家房子泡了
今天回老家的母亲说
躲在空调屋里一下湿了个透
攥一把胸口都出水

4
我出生在黑龙江尚志
那里被洪水闹得惨不忍睹
我的心也被洪水冲走了

5
阿飞在西安

热得不敢出来
杭州一声响
我联系了久洋

6
中印线
土耳其地震
真的没精力关注你们

7
他们怎么从老家回来
天，又要下雨了

2017.07.21

金玉其外，败絮其中

空调吹出污浊的风
老大说，清清吧
我也点了点头
母亲说，看起来新崭的，清什么清
我们坚持了几句
母亲赌气出了门

当正常的风流出。我在想
如果有的人和空调一样，也能清一清
那该多么美好啊

2017.07.26

颜色

老高变着腔调说，快递到了
被瞬间识破。这跟睡没睡醒没关系

你说，主卧用米黄色。孩子房间用鸭蛋绿
粉色太俗气。客厅就用白色干净

原本，谁的空间色调谁来调
我又多了句嘴，蓝色开阔
明知这话是废话

我生活的苍白色就被我涂成了天蓝色
比如今天，阴有雨。都能看见
蓝天和阳光。所以
你变着腔调打这个电话，就是多余

2017.07.27

请允许我，用一首诗的时间抽根烟

用一句话的时间做一个决定。结果
搭错车，踏上不可知的"迷途"
其实人生本身就是一个谜

用后半生来弥补这个决定
没有怨言
因为力是相互的，怨恨也是

向前走吧。莫回头
回忆总是回不去的

我用一首诗的时间抽根烟
想想下一步，咋走？

2017.07.29

我喜欢生活的痛

活比生（出生）难些
于是有了生活

活比死难些
于是有了你死我活

生生不息比靡靡之音难些
于是有了大地之音

好死不如赖活着
活着能感觉到痛
我喜欢痛着……

2017.07.31

人走茶凉篇

前 言
老师提问余同学
什么叫"人走茶凉"
小余答
开水时间长了就凉
要趁热喝
老师道
可能是对的

但愿，是对的

之一
余总监辞职了
手下"兵"瞬间
面前蒸发
走出公司大门
突然想起
茶杯落在里面
欲取之

低三下四的保安
秒变
颐指气使的安保

之二
余总退休了
没一人示好
献殷勤
只有他孙子
天天逗他
开心

孙子是
亲孙子

之三
余老板死了
前来吊唁的人
围着他儿子
"节哀顺变"
没一人
到他面前说
"入土为安"

后 记
人走茶凉正解
世态炎凉

2017.08.01

不要把文字仅仅看成一个笑话

王哥发了组图片
有张绿草如茵
树木参天
我半开玩笑
谁家天台？气派得很
答曰：你猜
我只好将错就错
姓，毛
回了他

2017.08.02

九寨沟地震

1.
8月8号
只是个普通日子
8月8号夜间九寨沟
只是下了场"雨"

"雨"让日子不普通了

2.
不寻常的日子
我并不把它看成一场灾难
它只是大地打的一个寒战
像一次感冒
喝点热水，或者"打打针"

就好了

3.
救灾官兵，救援队，搜救犬
像一个个白衣天使
向九寨沟靠拢
面对匆忙脚步

不出声
祈祷就好

4.
横亘路上的落石
把它当成"费县"指动石吧
灾难过后
瞬间
就会美好的

5.
因为，因为她在
大爱中国的怀抱中……

2017.08.08

用文字嫁接生命

衣裳才褪去一半
天就凉了
我怀疑如今夏天
不是给城里人准备的
记得儿时的臭汗
何止八年
……
现在的一切都短了
包括目光
所以我试图用文字
嫁接生命

争取
白天更长久一些
黑夜更短暂一些
黄粱梦更美一些

2017.08.21

父亲（二）

父亲记事起就站成了问号
父亲一直嗔怪爷爷
为什么给他那么多苦难
我没见过爷爷
不喜欢道听途说
我感谢我生活的年代胜于父亲的
可即便现在是幸福的
父亲却一直佝偻着身子疑惑
为了解开这个疑惑
父亲用一辈子寻求答案
其实，我明白
小时落下的病根
时间是无能为力的

一如，一如我和我的
梦

2017.08.23

十一楼会馆

只要经得老王的召唤
都会慷慨赴约
不管蹭车，还是滴滴
不管刮风，还是有雨
不管老高在，还是老张在
进到会馆
如同进了梦乡
喝茶也好，品鸡尾酒也罢
哪怕只是闲聊
出门都有感觉
心满满的
好像经历了一次冈仁波齐

今天和法国（与巴黎无关）
陶醉十一楼

2017.08.26

搬家

1
生活多琐碎
搬家就有多累
搬一回家
就伤一次筋骨

2
乔迁有人关注
搬家是无人问津的

3
搬家时
流浪汉
都会让人向往

4
无房的
不如个蜗牛
哪怕此生老死在壳里

5
搬家遇见雨
汗是白流的

夜

日头被楼宇和车辆吞噬
夜，试图遮盖
全天下的意外和伤
一个老妪却被绊了个趔趄
让生活顿时现了原形
我只好走得很慢
就像以前的日子和耕作的老牛
踉踉跄跄又很笔直
所以不管天如何黑
夜永远都挟裹不住我
仿佛那天的事没发生一样
以至于他们说
我长得不是人心
其实他们不知道
心早已被迫变成了石头

这，不是我
自愿的

2017.08.31

中元节

上午小梁说撞见鬼
一块铁皮咬破了头颅
既然有中元节
那肯定就有"鬼"
来吧
我给压压惊
讪笑了之

像少女的唇印
供在印堂
二郎神在此
何"鬼"造次
小梁，那都不是事
吃饭，吃饭

2017.09.05

雨天

又下雨了
秋天的雨，下到哪里
都会发霉，烂掉。像蚂蚁啃噬
骨骼，血肉和毛发
贪婪再多，蚂蚁还是蚂蚁
但就是这渺小，象才会不寒
而栗。一直在寻找一个秘方医治
白蚁溃堤的病。让雨重回上天
让世界恢复清明。十年
用了十年

面对下雨天。我依然还是
束手无策

2017.09.06

梦回 "黎明"

那时还小
脑袋装不下太多东西
屋后是路
屋前有树，很高的树
没过我的头
他们说屋子很矮
但我觉得屋很高
因为尝试过多次，也没够到
屋檐下的溜溜簪
墙很厚。浪费了一个童年
也没能把雪花请进屋来
屋后的路往西是山
往东是井
井曾经吞下一个取水人。然后
记忆就模糊了
我童年的村庄

好想回去
回去，请雪花进屋
回去，一切都完好如初
回去，再也回不去了
我十年的光阴

2017.09.06

约会和林妹妹无关

盼了半年，《行吟者》到了
感谢刘年
盼了三个月，《回归》到了
感谢云南
盼了一个月，工资到了
感谢党
昨晚梦见的，《坚强的行走》又卖出两本
感谢久未谋面的妹妹
更开心的事，今天阳光很好
不冷不热，不卑不亢
适合出去走走……

偷偷约个会
做个行走的，人

2017.09.12

左右

下午出去
遇见老方
"晚上打牌，你
反正无吊事"
习惯了他们
冷嘲热讽
吃过晚饭
等到九点
起风了
一片树叶落在腿上
像狰狞的老方
狠狠捶打爽约的
"老方"和腿
回吧

左右不了我这腿
也一样
左右不了老方

2017.09.19

湖泊是真实的湖

湖泊似上帝的眼睛
高原上，湖泊离上帝最近

天空是镜子里的湖
凝视人间
青海湖，纳木错，鄂陵湖
吸纳凄凉的过往
枯枝，啼叫，落叶和黄昏
恰如清澈见底的眼眸
坦荡，大度，包容
让忧伤和愁苦
无处遁藏

开阔消融人间疾苦
湖，即为天堂

2017.09.19

回家，狠失败

放学。直走
不爬坡，不过河
第七个巷口拐个弯
就到了

一个小差
让我离家
二十多年
你不知道
看不见你
心是碎的
脸是黑的
夜里彼此
是看不见对方的
多少次想"迷途知返"。可
回忆，总是回不去的
留恋，总是留不住的
未来，却是未可知的
过家家，也只是童话
没人，一起兑现

生活，最无奈
回家，狠失败

我是有罪的

1
铁是好铁，锈能让其挣扎
我头上有铁，生活
战战兢兢

2
日升月落涨潮汐
日月为明
河不是昨日之河

3
昨日嘲笑怀旧
今日泪湿枕巾
敬畏才是大道

4
乌鸦，羔羊，王祥
不惑之年。我却无能为力
让日子正常起来

5
爹，守疆护土古稀年
娘，护犊情深十余载

我，前路漫漫两茫茫

6
对于家，我
就是个罪人

2017.10.17

我心里藏着一个大海

十年前，当一伙人在我床前匆匆忙忙进进出出
当他们把全部绝望和冷漠给我
我悉数笑纳。没看他们一眼没说一句话

八年前，当一帮人在我床边忧心忡忡躲躲闪闪
当他们把所有泪水和后怕给我
我全部吞下。看了他们一眼还是没说一句话

五年前，当一撮人在我周围叽叽喳喳指指点点
当他们把所有轻蔑和旁观给我
我照单收下。乜了他们一眼不屑说一句话

两年前，身边终于清净下来
一切都躲在了背后。抬起头长舒一口气
她们哪里知道，我心里藏着一个大海，装着一切

今天，才借着诗歌写出来。唯恐一切
恐惧，亲情，流言，《坚强和行走》从我的大海里
溜走。我看了自己一眼就是没说出那句话

2017.10.19

假如一生以绝症完结

如果不幸遇见它
不要悲伤，不要诅咒
生老病死，谁也不清楚
希望和绝望哪一个先到
"绝症"是向前必须经历的，痛

如果怕背负不孝骂名
如果在经济承受之内
那就花点钱潦草治治
堵，悠悠之口
如果花更多钱
那就算了
这辈子最讨厌打肿脸的人
想吃啥就买点啥
想看啥就看看啥
比把最后日子放在医院强
不想临了挖个大坑给你们……

这辈子也没做什么惊天动地的事儿
后事能简就简吧
我倒想，如果有来生
是不是生在古巴
或者，更远一点的地方

自己都鄙视自己的安慰

当父亲的身体老成茅草房
在该不该修葺的问题上
我，慌了神

看着满身皱褶
让儿想起了泥土墙
我怕，一碰就脱落了

没有哪个人不想寻求
一种美好
一种没有悲伤和遗憾的美好

现实，人是不能拆了重建的
就像日子是不能回头的
回忆是回不去的一样

过一天算一天
日子每天都是赚的
这不是安慰，更像激励

任他，顺其自然吧
破屋禁塌
我，这样安慰着自己

一醉十年

十年前一场酩酊
让我沉睡了二十八天
醒来后，一切都慢了下来
包括时间
人们喜欢用"米"丈量
远近和金钱
我却被迫接受 cm 的现实
看车，看人，看花开
就连每个汉字和单词
都揣着蜗牛的心思。包藏祸心
在我面前，亦步亦趋
我从中拾捡，堆砌
让柔软变得铁石心肠
深夜，在外人看不见的地方
一个人，哭
再过七天
就会遇见十年前的清晨
那个让我窝囊的日子
睁开眼
时间，度日如年
是喜？是悲？
一醉十年

和解

总想，和生命里的遇见
和解

与自己和解，返璞归真
与人群和解，各行其道
与疾病和解，相安无事
与金钱和解，小富即安
与山川和解，命运常青
与河流和解，细水长流
与日月和解，风调雨顺
与四季和解，温暖如初
……

最后
与大地和解，入土为安

2017.12.04

母亲的花椒树

冬夜冷，冷得彻骨
痛彻心扉。便于联想
于己和不关己的

那堆渣土连同临时围墙
在黑夜被转走
见不得人的事情
往往都安排在夜里进行
轰鸣声让母亲突然想起
墙根处深埋的花椒树
劝慰母亲，明天再说吧
黑夜里，真相是从不示人的
漠然的冷。一如人与人
人和冰冷的铁器
天亮了。就算在梦中
如果花椒树根在
开春一定能生出新的枝丫

明天。有滋有味

2017.12.17

2017 年，空空如也

1
岁末，总想给这一年做个了结
翻过四季的围墙。满肚苦水
寻不见一棵稻草，助我上岸

2
这一辈子，医院是唯一没有门槛的
不知不觉就会走进去
出不出得来。两说
十年前，自己在医院鏖战。今年
医院和我又产生了两次关系
一次是父亲复查。一次是母亲体检
喜忧参半

3
妹妹还是那么胖。哥哥还是那么瘦
胖和瘦都是不健康的
比如，金钱、房子和孩子的未来
忧心忡忡

4
说到自己。
工资发了几吊，口袋空空如也

书翻了几页，脑子空空如也
诗写了几首，成绩空空如也
日历撕到最后，身边空空如也

5
年龄，是疯长的
就像父母手上的，老茧
和抬头纹

2017.12.27

也说高考

路，越来越逼仄
直到看见一座独木桥
焦虑，恐慌和跃跃欲试
就像十八楼逃生通道
挤过去重获新生争相庆贺
没人在意落水者
几人上岸，又有几人溺亡

2017.06.28

蚊子

小恩小惠就能把我打发
大腹便便的人分我一口血吧
减轻一点你的罪恶
然后我就会为你慷慨赴死

2017.07.01

不得不裸体的地方

如果不幸发生事故
被"请进"重症监护室
故事就会很无奈
在里面是没有尊严的

如若想要活命
就得，不要脸

2017.07.23

烟灰缸

用过很多烟灰缸
方的，圆的，没形状的
铁制的，陶制的，瓷的，塑料的
茶叶盒，快餐杯，剩菜盘子，矿泉水瓶子
有一天顺手把烟头丢进盛过水仙蓄着雨水的盆里
——瞬间死掉了

2017.07.24

不可小觑之怪现象

CQ 碰在一起
让我联想到 IQ 问题

常在蜜桃林，久居石榴裙
易幻生：焦躁，冒失，亢奋
不分南北，不辨东西
如一场雨后的感冒
小病成疾

2017.07.25

秋天的天里装着夏天的空气

胖子在高速公路上
望着"前不着村后不着店"的车
自我安慰，嘲笑
就这么耗着吧
反正我下不去
你们，也上不来

2017.08.09

乞讨者

每次经过沿街乞讨的老弱病残
甘愿倾囊相助。今天遇见
一个四肢健全的落魄青年
挡住我去路。毫不犹豫
甩出一元钱。因为我怕

背负，一个骂名

2017.09.10

进退两难

网购了一头香猪
由于孤寂。有一天
它的长势超出想象
记起无良商家
已超"七天"大限

进退两难

2017.09.23

葫芦颂

一头担太阳，一头牵月光
一头牵春天，一头担秋日
一头念百姓，一头想神仙
一头想物质，一头念精神
一头卧生活，一头躺文化
一头躺缸边，一头卧案头

一头留在童年，一头已近不惑
一个葫芦在冬天，开了花

2017.09.25

给老二讲几句话

大学舍训你定的
后来听说那四个字
是所大学的校训
从那时起
我就把你，当个人物
后来请人书"格物致知"
旋即又送人了

因为，写出来
不如放在心里。安全

2017.09.26

一顿饭揭出两道伤疤

第一次吃牛排
三十六
萱萱两岁
晨晨十四
父亲六十六了
没尝过

母亲进门
二十
嫂子二十四

我
未知

2017.10.03

留意故乡

好多年了，不能时常回到老家
通过各种渠道，耳传或者面授
掌握它的动向
谁人添丁，谁人改嫁，谁人故去
哪只春燕衔泥
入了谁家。哪家炊烟
飘出了村子
······

我不想，不想和故乡失去
平衡

2017.10.07

我信

我信，每一个清晨都有朝霞
我信，每一个晌午都如日中天
我信，每一个傍晚都红光满面
我信，每一次阴雨都为旱情而来
我信，每一句谎言都为善良而发
我信，每一句粗口都是铁惹的祸
我信，每一个隘口都是幸运预留的
我信，明天你一定会来

我信，每个汉字
都有一个婆家

2017. 10. 10

没有一个日子是属于我的

每个日子后面都躲着一缕阳光
或明或暗
每个行人心里都藏着一份挂念
或弱还强
我是不做梦的
低头走的每一步
心里却装着或虚或实的景象
唯负面才感真切
唯疼痛才刻骨铭心

每个日子都不是我的
每个日子又是谁的？

2017.10.14

遗传

龙生龙，凤生凤
老鼠生来会打洞
中国人讲外语，蹩脚
老外说中文，搞笑
政治家的儿子，从政
演艺圈的女儿，会演
诗人的孩子，写诗

我，吃地瓜

2017.11.12

围城

一三一的小房子里
孤单是有壳的

一个牙刷陪一个缸，一个勺子陪一个碗
一个影子陪一个人，一支笔陪一张信纸
一张床服侍一个身子……

单单床头放了两个枕头
自以为，进了围城

2017.11.17

数学都是体育老师教的

微信里看到一个被转载的
有个孩子烂漫地提问
马云有 1500 个亿
中国有十四亿人
如果马云拿出十四个亿
中国将是个人均最富有的国度
我想说的是
孩子，你数学是体育老师教的吧
就算混球老师批改成立的话
哪还有人，想成天累得跟狗似的

2017.11.20

癔症

看看摇摇晃晃的
跌跌撞撞的样子
就想把自己拆了

眼角膜给失明的
手给断臂的
脚给坐轮椅的
心给缺爹少娘的
思想给没心没肺的
想到脑子，和猪一样
大卸八块的样子

我就觉得，我的想法是真的

2017.11.29

我不认识一个诗人

裹紧棉衣的那一刻
我明白，煤能取暖
也能抹黑
就像路灯催促回家
逼着离开一样
用水抹了把脸
路，没能清晰可辨
我却在水中
溺亡

晴天霹雳。我
不认识那个夭折的诗人

2017.12.07

面对你们，我深有感触

再冷的天
也冻不住劳动的身躯
雪，让你们的头发
更白了

2017.12.14

感情痴

观"越战老兵重返老山"视频
哭噎就没停过
看惯了生死离别，熟稔了英雄悲壮
心已麻木。可看到这种场面
依然还会死灰复燃

不知道不久的将来
遇见死亡。是否还能哭出声来
多想诅咒，死
你去死吧

2017.12.29

第二辑

写给父亲的话

提心吊胆过日子

永远这个词看起来，信誓旦旦
前提是有人宠她

人是最会欺骗人的动物
所以，永远并不可靠
不要相信
一张嘴比一双手漂亮
一片海比一滴泪宏大
明晚的月亮比今夜的圆

其实啊
生活就像搓麻绳
搓到哪里哪里疼
有一天搓不动了
生活，也就散了

2018.01.01

虐老的代价

老天就是一口倒挂的锅
每个人，都有被爆炒的危险
比如，老王媳妇昨天把婆婆打了
今天就不见了。听说
被爆炒了

2018.01.07

高昂封口费

一直想找个办法堵住你
口蜜腹剑的嘴
言语感化？我怕有人骂我天真
用针线封唇？以暴制暴非良策
用胶带？我又怕背上人命官司

最后我决定，舍身取义
用我嘴堵你嘴
结果，害了自己一生

2018.01.08

生死论

那年，嗜睡 28 天
而后卧床一年又三个月
后来，我就懒得出去了
懒得多见一个人
懒得多说一句话……

看见有人把生死谈论，头头是道
有理有据。终究是没能吃透
面对生死，我不多说一句
在喘息的间隙，好像
每一句话都是多余……

生为死而生，死为生而死
讨论生和死，不死也不生
生死皆有命，性命自在天

2018.01.09

女匠人的微笑

我乐意和熟人或异地陌生人尬聊
熟人不会嫌弃我
异地人在交谈中频频点头、微笑
我猜测她，可能把我的口吃
当成此地方言了

丁蜀镇和沂州府同气连枝
我们在各自领地里自我欣赏
占地为王

换位思考

生活不止眼前的苟且
还有诗和远方的田野
其实这句话反过来说
也是成立的
就像硬币的两面
无论你用哪一面示人
都被接纳

生活。还有眼前的苟且

愿望

我希望，鸟飞弓藏、刀枪入库
我希望，所有的药都会过期
我希望，自由奔跑
月亮都是圆的

其实我只有一个愿望
那就是，所有希望都能实现

唯一自豪的，可以拿文字泄愤

和他出生在同一天
一起上幼儿园，小学
初中和高中。就连大学过生日
我们也在同一桌上庆祝
两小无猜。总角之交

按辈分，我叫他一声爷
注定了，我这一生
像孙子一样，活着

2018.05.25

我想化作一尾鱼

在水里，冬暖夏凉。不恐人烟
被车掉进水里撞伤的概率，几乎为零

就算摊上。可借助水流，到想去而又没去过的地方
人间不能

喜欢七秒钟记忆。如若有饵，我愿上钩
不问东西

我是一块朽木

人，总喜欢用树做比喻
比如，柳树、松树或是白杨

我一直犹豫哪种树更适合我
结果发现，我是一块朽木

但愿，但愿
能和乌木攀上亲戚

2018.06.11

诡秘足球场

蹭个热度
也聊昨夜世界杯。对于
伪，伪，伪球迷来说
熬夜看球是件进退两难的事
小区突然停电。恰到好处
我可心安理得睡之
醒来一翻朋友圈
排山倒海五比零。真不知
有几人泪洒球场
又有几人泪洒，彩票上

2018.06.15

"秋后算账" 的悲凉

1
今天，让我想起一些事物
小燕树，平车和老屋

2
父亲拉一天平车。到家
都会坐在小燕树下，歇歇
喝一瓢凉水，伸伸腰。那时
父亲还年轻，扛得住
身体透支

3
不管年岁多久
平车听不到吱呀声，就会误以为
是健康的。当有一天
真听见那声音，却无能为力了

4
就像年久失修的老屋
不碰，还能风烛残年
碰，就会土崩瓦解

5
父亲不想吃饭，喊疼的时候
我仿佛听见了平车的吱呀声
依然，是无能为力的

6
有一年小燕树莫名死掉了
父亲，仿佛失去了一个保护伞
唯有老屋，早几年翻新了
那么人呢？如何翻新

2017.01.17

回老家，过年

好多年，都没回老家过年了
我怕冷。更怕乡邻眼角的光
这光在农村乡下是被冻住的
放在哪里身心都会不寒而栗

爸身体抱恙。一如那老机器
做一辈子活计。晚年就会发
叮当响声。父亲从嘴里发出
听起来像是落叶归根的声音

我们懂。特别是尴尬的妈妈
收拾，收拾。回老家过年吧
哪怕是面对口蜜腹剑的乡间
我们也要，等春回大地那天

2018.01.30

该死的痛苦只会传染

父亲每天食不下咽的痛苦
真想把这份苦痛转移到自己身上
单单此痛苦不外借，只传染

以前临近过年数日子，父亲哪天回家团圆
今天为过年数日子，父亲能否捱过这个年
过了年，父亲就六十八了
六和八是吉祥数字。只在这件事上
我，是迷信的

在承受痛苦和丢掉不忍看见的苦痛之间
"不孝"的苦水是倒不出来的

2018.02.06（凌晨）

父与子

父亲困在床上。我被围在院中
天气。越来越适合出去走走
这让我想起一些词汇
虎落平阳。落叶知秋。穷途末路。车到山前……
昔日不忍淬读。记忆历历在目
一头老牛领着一头牛犊
跋山涉水

盼望春节。盼望雨水。盼望
迎春花开

2018.02.09（小年）

父亲的病痛

一辈子的肚腹刻着贫瘠
临了，临了
一肚子苦水，饮鸩止渴
面对亚巴顿的嘴脸。儿女
望"爹"兴叹

人。最大的死穴
看着鼓鼓的虚假和病痛
鞭长莫及的谎言，无人
捅破

2018.02.10

父亲与母亲

卧床的父亲
好久没笑过了
母亲为博其一笑
搜肠刮肚
"小时候好奇
孩子是哪来的
老人说，牛屎变的
小道旁，竹林里
母亲会盯着一坨牛粪
目不转睛一个下午
'就像母亲现在看父亲一样'
孩子终究没能出来……"
父亲也没笑
我强忍着说了句
牛粪上没插鲜花吧
父亲笑了。我却哭了
这让我想起，"牛粪取暖"的故事

2018.02.11

在东盘

春晚把一个人变成
"巧妇"。出来透气的间隙
试图用手机把幸福
串联。就跟蹚过一条河
爬上一座山，一样难
心不倒，身不老
倔强，是我的信仰
别人看不起我是别人的事
自己看不起自己才是自己的事

元宵节快到了。父亲
加油！吃下一个汤圆
我扶起您。一起看
十六圆

2018. 02. 18

面对死亡，没人能做到云淡风轻

年轻时，让生活赶着
去过很多地方。说的话
掷地有声，死就死了没啥大不了
我以为，见过世面的人都说这样的话
高大，让一个人成偶像

当医院遣返，回头无望
当病痛折磨，生不如死
父亲，多想回到生命开始的地方
感谢父亲。感谢最后给我们
上一堂课

真实。让一个人更伟大
尽管眼里，噙着泪花

2018.02.23

睡吧。爸爸

您，安静地睡了
睡得深沉，简单
睡熟了。就没有那么痛了
睡，是缓解劳累的良药
睡，是一生唯一的归宿
睡吧。忘掉一辈子的奔波
烦忧和愁苦

一生疼爱我们的人
对无法自控的人
您，会原谅吗

2018.02.24

父亲的元宵节

往年今日看不见父亲
他说他不喜欢元宵
此时他会在很多地方
兰州，上海，南京，河南或湖北……
那些地方很远。但用汗水可以换取
想要的东西
今年今日看不见父亲
他又去了很远地方
他说他想爷爷了
这么多年逼迫着他远离爷爷
还是没能阻止他和爷爷做了邻居
今天送素水饺给父亲
才感觉元宵不是一个
团圆的实物

头七设在元宵节
一定是，父亲的阴谋

2018.03.02

一生都在修剪一棵树

人活着就像一棵树，啥天气
都会遇见

一次车祸把我推向另一个
空间。谈车色变
一声咳嗽让父亲和白血病
握手。胆战心惊

一生都在演绎一个
故事。悲欢离合

2018.03.12

想着，每个日子都很精致

不想说日子有多标致
我过，我的

今天叫英子来。送书
不关心她看，或不看
书只是个佐证
签名时，把每个字
写得工整。字头盖上闲章
生活是需要修饰的
比如，沙漠里的海市蜃楼
城市的霓虹灯

推她的路上
整个人。轻巧了
许多

2018.03.13

见得多了，也便释然了

每次出门，总想把自己
包个严实。甚至把眼睛一起封存
怕别人透过它，读出
那些见不得光的事
十年前落下的病根
要用好多年捶打
去漂清

想想李波和家政。还有
父亲的遭遇。老天仿佛留下
翻盘的机会。悄无声息
穿戴整齐。我
出了门

2018.03.15

瓦蓝的天上挂着，一弯月亮

月夜最适合。触景生情
母亲躲在角落里，想自己心事
小萱萱指着月亮说
"叔叔，拿下来我玩儿"
这让我想起父亲。曾
习惯家中没有父亲的日子
人又偏偏是，善变的动物
包括亲情和思念

醒着的人，都睡了
睡着的人，还会醒吗
水中有水，命里有命。月亮
在天上

2018.03.25

错把愚人节当成万圣节

每个黎明或是黄昏
都有一些话，想说
用文字记下。可怜人
称其为诗
昨天有几句话愣是没敢写出来
今早想昨日之事。模糊不清了
发现，残疾人写诗容易
把诗写破。诗
便成了残疾人
昨天，便成了笑话

2018.04.02

你还是记忆中的模样

在"立晨"再见袁伟时
眼神未变，样子未变，动作也未变
我们只是比二十年前成熟了一些
顺理成章地握手
使得那天的风变得，弱不禁风
饭桌上
和鹏飞说着童言无忌的话
她，还是会反唇相讥
和文强对不起观众，对不起她
没好意思拿"贼从来不说自己是贼"
怂她。因为我刚认定她
是女生：
古有巾帼花木兰，驰骋疆场展雄鹰。
今有猴精女袁伟，混迹职场耍孔兄。

2018.04.07

交代

现在我会刻意靠近人群
遇见熟人最好，或者
有个面善的人，多瞅我一眼
这些和是否活着无关
只想放心多迈出一步
步态拙劣也没关系
尽可能多喝茶，很浓的茶
尽可能多遇见人，说些废话
多制造些熟睡的假象
骗自己说活一天都是赚的。其实是怕
有一天，我的骨灰无人安放
造成最大的"冤案"
死不瞑目

2018.04.08

闪念偶拾

万物（1）

买的东西永远比卖的
更有价值

后遗症（2）

一朝被蛇咬
十年怕井绳。生不如死

活着的困扰（3)

在世间多逗留一天
都会觉得遇见的罪孽，多了一分
"福贵"应该也思考过
类似的问题

2018.04.19

自白书

总有些人说我写出来的东西有点硬
坚如铁。又黑又冷
我想说，清高中的虚伪和虚伪中的清高
真不是一回事
我也想和一切事物相安无事，握手言和
我也想用温暖去善待一切遇见
我不想言语刻薄，不想与人为敌
树敌太多
之所以亲近蜗牛的壳和刺猬的刺
是因为还没遇见一个偶然度过一段日子
如若遇见，我愿意和所有被我伤过的
道歉。就像种子窝进土里
笔落在纸上一样
开出一朵温暖如初的花
做一个未曾改变过的自己

2018.04.21

理发

上次理发是在父亲走的那天
天有点冷，风很大
仿佛要撕裂什么
幸好哥哥陪我
距离今天两个月零九天

城里去理发店的明道平整有些远
无意间发现一条直插的路
只是颠簸少有人走
生活亦是如此
思念是一个人的苦果和饯

在慵懒越来越受鄙夷的年代
我觉得我该一个人去理一次发
把思念剪短一些，把烦琐抛弃一些
让前路光明一些。如果
天遂人愿的话

发如念，欲剃还出……

2018.05.04

越卑贱的石头离上帝越近

刨开大地的胸膛
石头鱼贯而出

钻石被贵胄挂于胸
玛瑙被富贾置于案

翡翠嫁入豪门
美玉入赘王家

七彩石变身健身球
落入老人之手

只有小青石俯首为奴
做了登天长梯

2018.05.07

万能的扑克牌

大小王伙同方块，红桃，黑桃和梅花
组成一个现实加强版的特务连
调控着四季颜色，人间脸谱

叼着烟卷的男人炸起金花
弄得血光四溅，妻离子散
摩登少妇排了好多组合开始算命
算着男人的花酒和自己的前程
孩子们接起竹竿、摸起王八
排练着自己今后的人生
夕阳老人在路灯下玩起升级
给自己的余生添砖加瓦
有人把扑克牌当成回旋镖
射进不争气的日子
有人把扑克牌当成魔术道具
试图改变惨淡现状
有人……

我的母亲在母亲节这天和往常一样
用扑克牌作铁锹在光滑的地板上
把萱萱的粪便丢进了垃圾桶

2018.05.13（母亲节）

真真假假糊涂客

一些直播拍卖如火如荼
一些看客蜂拥而上
当偷塔成功如获至宝
似乎捡了个天大的漏
我偶尔也糊涂一把
充当看客们的救赎者
让他们知道
巧买比不过拙卖
可我从不会
当场道破

其间，捡漏了一些知识
盲区

2018.05.15

很有意思的类比

黄金有价玉无价
木头有价房无价

男人有价女无价
老人有价孩无价

借钱有价还钱无价
友情有价诚信无价

体力有价脑力无价
学历有价工作无价

身体有价健康无价
健康有价医院无价

生有价，死无价
……

2018.05.19

手电筒

曾经身边躺着的手电筒
给了我，肆意挥霍的借口

喜欢走月亮躲起来的路
不惧怕没有围栏的河堰
那时候，我的水性极好

有一天手电筒充电器被一个
狠心的盗贼偷了去
眼睁睁看着手电筒的电量
耗尽

这让我想起了两年前
你送我手电筒的情形
我拒绝的不只是光明
还有你……

现在恍然大悟
夜路是怕黑的
没围栏的东西是可怕的
我丢失的
不仅是一束光
而是，一个美好的前程

阴历四月十五

一个人的深夜
蜗在床上
用手机打发时间
阴晴圆缺
浑然不知

她不知何时
翻过窗台
溜到床上。占据了整张床
让我一时
目瞪口呆
手不知，放在哪里
合适

2017.05.29

明子

那些年，在济南
明子是地主
我们到济南
都奔他
那时还年轻
酒量很大
饭量很小
明子有个贯口
米饭管够
"趵突泉"限量
他可能是怕
大凯，阿强和我不小心
让趵突泉停喷
结果在 2005 年
我们离开济南后
趵突泉果真停喷了
不知，是不是跟我们
冒昧到访有关

那年，我们仨落荒而逃

2018.06.02

谁能给我个说法

微信群里，鸡蛋大小的冰雹
荡过淄博、潍坊地界。临沂气象
审时度势发出冰雹橙色预警
这更加坚定了我的好奇
一如美、朝在一个小岛的握手
明知好奇害死猫。我还是
傻傻地等到眼睛发涩
外面依然静悄悄
甚至连风都鸣金收兵了。睡了
在梦里中，鹅蛋般的冰雹
开始捶打，临沂大地——
丝毫没给这人间
留一点情面

2018.06.14（凌晨）

端午节的夜

参加一场诗会
证明曾被诗歌沐浴过
听谁朗诵诗不重要

夜走一段路
证明离行将朽木还远些
理由是这路是屈原钟爱的

有仁涛陪伴的夜晚
心里是有风的
逼仄的朗诵会现场就豁然开朗了

我知道，夜里的蚊子更偏爱粽香
大于我。莫斯科的夜
会让我，提前进入五彩斑斓的梦

经历诗和远方。就不怕
不怕与整个世界杯为敌

2018.06.18

相信自己

所有东西的价格都是人定的
就像所有事物的名字是人起的一样
切莫听信物以稀为贵的谗言

你喜欢的，就算平淡无奇
也应视如己出
你不喜欢的，就算价值连城
也要视如草芥

相信司马迁的生死论调
相信食指的相信未来
相信你自己。是对的

2018.06.21

找一个冠冕堂皇的借口，说喜欢

有几本签名书在高兄车上
心急如焚。冒雨等待
就像每次相亲冒虚汗一样
切不可，喊出来
"高哥下楼，取碘伏"
我知道，高兄怜惜我的疼痛
所以没把准备发朋友圈的腹稿
说给他听

今夜有雨，熄灭各自恩怨
明日负荆可好？

2018.06.25

卖蓝莓的姑娘

在幼儿园放学的档口
一位虔诚的姑娘在孩子必经的路上
整整码了三筐鲜蓝莓
信誓旦旦地吆喝
"自己山上种的。保证没打农药"
这让我想起农村老奶奶
可怜巴巴卖草鸡蛋的情形
……

如果姑娘穿一身村姑装
剧情也许——更逼真

2018.06.28

俊超兄到访，过过一天生活

今天仁涛喝茶的时候旧话重提
才发现他那天说的话有点新意
也就是说，话不是恭维之词

一直不觉得自己写得有什么立意
或胆敢恬不知耻叫它一声——诗

如果记录生活的文字可以叫作诗
那每个人就都是诗人了
朦胧诗，口语诗，梨花体，下半身主义

我只管写，你只肖看
有人就喜欢过程胜过结果

仁涛说他有所悟。我便没问
他悟出了什么

重要的，今天和他与王哥喝的
面红耳赤

2018.07.01

下辈子做条狗吧

一狗小有名气。听说，要过四岁生日了
网红大咖，影视演员，流行歌手
各路"名流"纷纷发去贺电。让人艳羡不已

突然想起，郑智化歌里的一个朋友。确信他
对下辈子会有个愿望。强烈的
愿望：投胎做条狗

2018.07.04

惯性

有一天，喜欢上了手串。习惯过紧巴日子
大国小民，手串必须是——真的
我视我遇见为珍宝

天天手串放手中揉搓把玩
仿佛拥有了一个孩子
……

一日，绳子不自觉地断了。珠子
散落一地，像极了脚下的生活
手在空中不停地逆时针旋转
这让我想起二十年前的夏天
骑自行车去日照的场景
那双顺时针蹬车的脚……

惯性，让一个人回到从前
惯性，让一个人只能向前
惯性容易把人带进不能拾级而上的沟壑
泪流满面，回忆遭遇的一切

2018.07.06

手持，开始流落民间

一直怀疑，古代和尚手中的手持
是否真的存在过？
如果有，是他们日夜坚守中磨圆的包浆
还是有其他的力量。存在
没有电，可以做很多事
有了电，反而更荒唐……

喜欢古代和尚的静
诚胜于现代街头巷尾的遇见。善男信女

2018.07.10

路

曾经面前很多路
康庄的，崎岖的，颠簸的
鲜花的，泥泞的，荆棘的
好多人误认为我会
流连充溢鲜花的坦途。我
偏偏踏上坎壈路

万般无奈皆自生
世上好多东西是身不由己的
唯有释怀为上品
脚比路，更显而易见

2018.07.17

烧烤，让我大汗淋漓

羊，牛，五花肉；海鲜，鸡翅和五脏
用像极了绳的铁签，编成队伍
从砧板抬上烤炉。缕缕青烟
让人想起先前惯用的炮烙之刑
甚至更远一点的
人彘、镬烹、酒池肉林
这些在时间之河中被渐渐淡忘的
烧烤，又把种种情形
拉到世人前

咸鱼
不得翻身

2018.07.20

亲人和陌生人

宁愿听亲人的碎碎念
也不愿理会陌生人的花言巧语
碎碎念能让人感觉到痛
花言巧语只能见识"巧舌如簧"的表演
比如在"月下老人"的问题上
亲人让一个人更趋向人
陌生人让一个人更像丧家犬

月亮还是那个月亮
星星却做了流星

2018.07.24

鸟笼

一文友传来一组照片
两只鹦鹉，一个鸟笼
不怕鹦鹉学舌
就怕被鸟笼窒息
记得父亲生前
多次和他提到鸟笼的事
每次都被他生生驳回
既然父亲不待见鸟笼
我又何必为其添堵

没有意义的事
最好别——

2018.07.25

我们这一辈

黑夜把白天掏空
白天瞬间又被夜填满

2018.07.29

小时玩伴预参加马拉松

一玩伴对马拉松报名说出一句：重在参与
这勇气
着实让人一惊

已近不惑之年且被社会豢养得肥头大耳
花枝招展。他。每晚会小跑数公里
说是减去浑身赘肉。但
面对漫长的马拉松的冲动
他的倔强。我想
可能于童年受到的家庭教育有关

现在。孩子
不得见

2018.07.31

和往事说，再见

在这个坚强的日子里，我要和往事
做个了断

一直念念不忘的，把他埋在心底
任其生根发芽，枝蔓滂沱。比如父亲

一些虚无缥缈的，就把她从心里移除吧
让其自生自灭，自圆其说。比如
曾经和我有染的女人们

和昨日的自己说声再见
江湖路远。最该
轻装上阵

2018.08.01

立秋之后

秋天只是诱骗人出门的一片叶子
特别在今年今日

风，纹丝不动
一蹶不振的，不只是食欲

大可不必在一件事上大惊小怪
朋友圈的东西。明天就会被今天湮没

像久旱的叶子，人已经病了太久
不治。成疾

2018.08.07

二叔之死

二叔是我一个远房二叔，八竿之内
六十出头。猜想他可能和父亲一样
是被癌症拽走的
这年头，癌症像流感。见怪不怪

二叔单单是自杀的。这让我心头一颤
二叔单身一辈子。腰间盘几乎压断了
他最后一根稻草
又无人问津。谗佞便把二叔最后的信念浇灭

二叔走的时候，桌上堆着他一生的积蓄
和三三两两残羹冷炙。桌边横躺着
人间不可或缺的，两件空瓶

临终前，二叔的柴门虚掩
且把生前最后一个秘密透露给了
另一个——光棍

2018.08.19

祭滴滴顺风车中死去的姑娘

在错的时间，错的地点遇见
错的人。全世界都是错的

滴滴的声浪使时间，停止
雨点化成泪点的悲凉
敲打
顺风车变成逆世飞翔
谁拯救这苍凉世界里的生命

全世界欠你
一个，拥抱

2018.08.28

每天都过着刀尖上舔血的日子

家里饭香引诱，归心似箭
月朗星稀的夜晚偏偏危机四伏
刺耳的刹车打破夜的安静
看似武松貌似李逵的花臂男，横亘面前
一副欲把人踩在脚下的架势。一如
人与人，国与国。恩怨纠缠默默念
人不犯我我不犯人，人若犯我我必诛之
亮剑，是国人的血性

一阵刀光剑影之后
饭菜，凉了

午睡

不愿动的人喜欢顺势而倒，困了哪里都能睡着
假寐只不过是一种爱的呈现方式

凉意拂身时，母亲总会踮起脚悄悄来
给我盖条毯子。每次我也都会
闭着眼睛心揪一次

于氏推进法

困扰司法界好多年的"正当防卫"
迟迟不得要领
而在这个问题上
于欢用了五年，于海明仅用了五天
便迎"刃"而解了

感谢于氏，感谢这敞开的年代

2018.09.07

生死轮回咒

秋风凉得不只是日子
杀落叶，也杀人

熟人一个个从身边次第走丢
聚拢来的都是些生面孔

离岸越远越安静
便宜了寂寞和孤独

上帝关闭一扇门，也偷偷
掩窗。坏消息总喜欢接踵而至

年后给父亲领路的人，比父亲年轻
在我离乡半年后。走丢了

2018.09.12

垂钓者（一）

饱暖思淫欲，无事去钓鱼
所谓钓者，调戏鱼也
得手，不为吃，也不吃
拍张照，合个影
放回，饲料豢养的垂钓园

一天，一个钓友
被水塘边的看池狗
玩了一把

2018.09.14

父辈们

爷爷兄弟仨，他们的后代
人丁单薄，老实巴交。不敢说阎王半句坏话

爷爷们不知做没做过坏事？大爷爷
一个儿子，脑出血走了。二爷爷
三个儿子，两人癌症去了
父亲也是厄运难逃

非正常死亡弄得我，整天提心吊胆
惶惶不可终日

2018.09.16

又遇中秋

月圆月月轮回，叶落四季更迭
团圆中秋，只是盗取人间的一个口实

人每天都会走散，相聚仅是偶尔的遇见
殇情的事月亮是很难愈合的，于是拿一个日子来
自欺欺人

人活着就是来踢翻一个个困顿的日子
直至筋疲力尽，才认命。愿来生有个好收成

水满则溢，月盈则亏。反之亦然
路到尽头，抬头看看月亮
又到中秋

2018.09.23

姓氏

姓氏是迷途知返的灯
姓氏让我知道父亲是谁，祖先是谁

披姓氏如战袍加身，无畏惧惺惺相惜
唯一诚惶诚恐的事。写诗让我如临大敌
因为这个姓氏的姐妹星罗棋布。难免
文人相轻。处处撞衫

姓氏是男人一生的胎记
委屈了墓碑上的每个女人
欲娶还休

2018.09.26

五弟

五弟这个称呼，听起来气势磅礴
也仅是搁着一个生肖的距离
分别十多年，不得见

显然十年，一袋烟的工夫
相见也只是花（昙花）开的时间
美丽而伤感

离开学校。生活
迫使我们隐姓埋名过日子

2018.09.28

童言无忌

一再问三岁的萱萱都喜欢谁？她
这样回答：你和奶奶
爸爸和妈妈
哥哥、岩哥哥。姑姑姑父。姥姥和老家……
还有一些我没听懂的名字

绝口不提三个月前念念不忘的
爷爷。忘却
是最重的纪念

万般心思皆黄粱

昨晚做了个梦，南柯一梦的梦
带一帮小弟，占山落草
劫富济贫。酒肉穿肠
抓一女子，以细作审之
其大义凛然不卑不亢
欲放之。兄弟齐声大呼
大哥：留人。"压寨夫人"
……
此梦有深意，梦回徒枉然
躲进小楼里，葱葱又逢秋

2018.10.08

我是谁?

每个事物都有个温暖的名字
珊瑚海，雨花石，蝴蝶，车前草，罂粟……

在朋友面前我叫李永福；在文友面前
我是李君来；在网友面前我用其他名字
这让我想起，毛笔画圈里面的钢针
其实每件事物都是一个概念的存在
就如十多年前我是个健行者，现在是个慎思者
一样

多年以后回归当初，一切事物还是那么的
谨小慎微。不足与外人谈起
雪落大地，于风过隙。世界
还是最初的模样。未曾改变

2018.10.12

一宗罪

有人写大海，有人颂高山。有人会
牵扯出父母和情人
每一次书写都能翻出一桩旧案
让结痂的身体雪上加霜

我也经常写自己，写与自己有瓜葛的事物
每写一次，他们就会掉一滴血
然后就用下一次书写来掩埋上一宗罪
搞得欲盖弥彰，遍体鳞伤
诗和海市蜃楼美化了一个突兀的人世

其实，人就是一个"爱"
搬弄是非的家伙

2018.10.14

乡间民宿

大山里，活水旁边一处庭院
斑驳门前敞亮一些，放三五辆车最好
院子就设计成乡野的样子
三三两两的杏树，梨树和枣树
放置磨盘在角落，喝茶用。又仿佛
闲暇推磨。墙角留个厕所
男女通用的那种，两块青石足矣
绕过鸡鸭旁边的锅台，屋里
有火炕
盘腿坐在炕上可以喝茶煮酒论道，天南地北
笑贫不笑娼，不患寡而患不均
微醺之际可透过窗棂看窗外梅花

大雪封山之前，希望有个温暖的窝
留着想念

2018.10.15

老公

追本溯源更青睐于孤独者
用浅显的存储试图揭开
一道伤疤。回到民国
也变释然了。一度希望
时间的河能够冲刷掉虚伪的装
还世界一个原本的颜色。误以为
我是那个隐藏在生活中的嫖客
做一回，真正意义的老公又何妨
至少有人这么称呼我
面对面的。生活原本就是
这么包藏祸心，包括
每一个人的过往

老公，便落入窠臼
自取其辱。习以为常

2018.10.22

生死赌局

出生，便是对死亡宣战。落入赌局者
十赌。九输

夭折者，看透红尘也。开始就投了弃权票
比行尸走肉者，更引以为荣

中途退赛者，致癌矣"强敌"环伺。知天命
便做了逃兵。冲出重围者，几人笑至最后

侠者可为王，易始善终。一如金庸的江湖
于是，查先生九十四岁正寝

2018.11.01

记者节，让我硬生生咽下一只苍蝇

记者节下雨本来就让人心生战栗。没想到
一个主题，颠覆了我的五官
"临沂第一届网红节"，确切说是"全民网红节"
献礼记者节。以偏概全一贯是玩文字者
赤裸裸以文字谋私的专利。五官不正的年代
让我再次想起：时无英雄，使竖子成名
天要下雨，娘要嫁人。随他

我只关心，暖气会不会按时热起来
明天的粮食是否备足？也好让我再一次有力气
生气！

2018.11.08

路祭

高速路架在村子头上，像围墙
翻过，片刻便逃之夭夭

听说路基下埋着一个冤死的人，因为好奇
殊不知结果更奇

没人在意人是怎么死的，就像
没人在意为什么活着一样
路，总会越走越窄

返乡和背井都会让人恐慌。路所见的
一切都默不作声

围墙就像三尺白绫，没能护人周全
却被人感恩戴德。指条逃跑的
路，便突然开了

2018. 11. 12

床榻谣

人都说正常成年人，特别是
孑然之人。躺在床上都会想些花事
弄乱日子，弄脏了生活
回忆不起来是否有过风流
翻着书就会被周公擒去，其实
我是个臭棋篓子。生理是健康的
之所以看似清修，无欲无求
是生活，让我
泄了气

2018.11.15

当晚睡成为一种习惯

一个人，最大的病灶是缺少监督
抱西施啜饮。此西施非彼西施
莫想入非非。是口渴
想把皲裂掩盖于口水之下
拿一本书来治疗睡眠
谁知此地无银三百两，欲盖弥彰
像是故意放任空虚和孤独似的
因为，一句话，也没记下

还是不想睡。那就让漫长
继续；抱着西施
继续；敞开的书
继续。既然都不想睡
那就让我们，还是

想入非非

2018.11.25

一支笔

听说，一支笔售价七十万
全球发售五十支
我想，就算给我这支笔
也写不出"兰亭序"
不要暴殄天物的好
就像这些年渴望大江南北一样
力所不能及。不足为外人说

一支笔，仅能书写一次
江山

2018.11.27

咸吃萝卜淡操心

有小道消息称，布兰达总结长寿秘诀
远离男人，健康长寿。这英国老太活了 105
依然健康地活着
我就想，那如果我远离女人呢？能否过期颐
君来立马跳出来反对。自私的男人
人人都像你这样想，谁来
传宗接代？我立马觉得很可笑
传宗接代自然有传宗接代的人来做

人总喜欢，咸吃萝卜淡操心杞人忧天
传小道消息的人也肯定吃了萝卜
唉——疼

2018.12.01

雪，一个骗取感情的贼

对于一个惧怕远行的人，一场雪
下得毫无意义。朋友圈里表示惊讶的人
也毫无意义。毫无意义的事情太多

一场雪飘在夜里，似乎在减少一些无意义
又似乎趁着夜色埋藏一些东西。其实这些都是徒劳的
盖得不深，见不得人的东西迟早还会暴露出来
飘雪的夜里肯定会有夜行人，他们只会变得更苍老
有白色为证。他们的生活只会跌跌撞撞
有深深浅浅的脚印为证。这些一定要在雪停之前查看
记住，一定要在雪停之前。不要埋怨黑
只有黑才能证明雪仅有的白，那些叽叽喳喳的
只是在围观一场白事。过了今晚
他们会把这事忘得一干二净

如果明天路上没有雪的话，证明我今天所说的一切
都是真的。一场雪过后
只有一些心事会更沉重一些。你听不懂
也没关系

2018.12.05

冷，是另一种暖

磨一把刀，让它削铁如泥。能削足适履
趾甲老往肉里钻，蹩脚总是雪上加霜
动刀是希望割痛能减少另一分痛
良药苦口，忠言逆耳……
拿善意的谎言安慰自己。日子却总是逆水行舟

苦逼一样的境遇只好拿诗来疗伤
希望，明天回暖

2018.12.08

感谢那些给我光明和温暖的人

外面大雪映夜，屋内灯下投影
光明让有的人无处遁形
日子使一些人羞愧
所有安逸总有人把生死挡在窗外
我不是一个擅于歌颂的人
一如我不会给别人立传一样
但会纠结于电是怎么来的
光明和温暖。安全是不安全的赠予
木讷总需要朗诵者去传播
这让我想起那些为了电力事业命悬一线的人
恐高的人，崇拜站在高处的人
站在光明里的人，感激制造光明的人
架线员。走在通向光明的"路"上
一边万家灯火，一边牵肠挂肚
普通肩膀，无法承担这不均衡的重啊
所以，我崇拜你。渔歌唱晚
那些给我光明和温暖的人

一线之上身如燕，谁知肩上千斤担
灯火通明歌唱晚，算我一人把您赞

2018.12.10

一到冬天，就想您

下了两场雪，雪后犹如大雁飞过
徒留一地的冷和倔强
屋后积雪也和墓碑后的雪一样吧
白森森发着寒光，让思念变得生硬
让故乡和父亲串联。今年一场雪
来年枕着馒头睡。为了有个好收成
仿佛一切冷都是值得，就像父亲的一生

冬天想到父亲，心里就会
暖一下，疼一下

理想很丰满，现实很骨感

每年都会脱一层皮。就像换衣服
小的变大的，薄的换厚的
总奢望能脱胎换骨
梦和现实，哪怕只有一小步
却总被现实打败

涤生是转世。我
是遗传

我之伍

每次跌倒，骨头都想跳出来
与大地死磕
而起来后又显得很平静。仿佛
没有经历过疼痛
说白了就是块贱骨头
像放在茅坑里的石头
终究会有一天被时间冲刷出
白森森的底色
搁浅在下水道口
被一条流浪狗，叼去

2018. 12. 14

孩子的一句话，把僵局打破

一到冬天，极少外出
我怕冷
躲避冷风，远离雨雪和人群

通过空气，每个人都在肌肤相亲
人来利往的人未必知道这浅显的道理
借着家的壳把自己包裹起来
偶尔漏出破绽，却很少有人察觉
越到年根，天气愈冷
揣着明白装糊涂的人越多

一个稚嫩的声音飘来：二叔
吃饭。一切虚伪的装
瞬间土崩瓦解，包括这首年底写的诗

2018.12.29

第三辑

致母亲

母亲用针线遮住我，半生羞愧

母亲用针线，支起我一生头颅
渗血的手指警示贫穷和羞赧
在不屈中隐藏腐朽。不值一提

修补了父亲的一生，接下来
是我

2019.01.01

感冒记

每年都有那么两次，像狗皮膏药
和躺在床上想人一样
这次感冒变得更有意义。跨年的事情
都有好多废话要说
每一次感冒我都嗜水如命。其实
每个人都缺水。用水洗面、洗心、洗欲望
因为"感冒"是永远解不了的咳
感冒，暂时让人放下一切
专心面对孤独和病

刘姐说感冒了，我只回了句
同病相"连"。"传染"的事情
在年的节骨眼上不宜多提
于是我向全世界
告了假

2019.01.02

男人活不过女人的原因

一个女人彻夜网络直播
必有大于一百个男人在偷窥
如果熬夜折寿的话
那么就是一个女人俘虏一百个男人
慷慨赴义

还有三个疯男人半夜在隔壁
研究诗

2019.01.05

一壶酒撞醒一个黎明

夜的走向黑是最清醒的辨析者

即使是白天，欲看更远
也需要闭起眼睛
不敢埋怨路远，水深
矛盾占据身体，人便力不从心
一边惧怕，一边委屈
忍着疼痛也要把路走完

一壶浊酒，撞醒
一个黎明

2019.01.12

刺骨之痛

冬天还没过完，下了几场雪。
误以为"暖冬"的说法仅是谣言
殊不知转身之间雪便逃逸了。其实
惊喜是转瞬即逝的事
雪唯一值得肯定的是她极易把我拉回童年
周遭皑皑，大地冰封。还有被井绳
带进冷水里的瘸子。而如今我成了"瘸子"
雪却成了一剂调味品。不值一提

不要相信。眼看的，耳听的
亲身经历才有刺骨之痛

2019.01.17

垂钓者（二）

无论刮风下雨，寒来暑往
有时间他就会去河边坐上一会儿
拿着竹竿钓，用姜尚的直钩钓
不放饵。仿佛怕伤到什么
时间久了，路人说他：这是一种病
得治。只有他自己心里清楚
他想。钓回十年前落水的儿子

他，在河边垂钓……

返乡

打道回府是年关必备的一道程序
就像一幅作品的落款
没走这道程序就是一年的败笔
出门觅食的鸟儿归巢团聚。只是吃饱或半饱的福利
没脸回乡的人们都是些满眼泛蓝光的饿殍
像极了完不成一幅作品的反复打磨
归根结底不是他们不想，是他们无颜江东……

返乡的队伍五颜六色，每个颜色的故事
独立成章

十年如一日的探望

一首诗的发生与茶叶的存在有关
茶叶的存在与坚持和爱有关
坚持和爱与十年如一日有关
十年如一日与五个人的探望有关
五个人的探望与十多年前的那场事故有关
十多年前的那场事故与我有关
我与一首诗的发生有关

看起来很绕的东西，有五个人
一看就懂。五个人一到，年就快了

2019.02.01

一个人饮鸩止渴

夜幕拉开，水沸腾了三次
才开始洗茶，沏茶
然后用茶巾一次次擦拭桌子
就像每次给自己擦拭身子一样
小心翼翼。生怕一碰成流星
她答应晚上来陪我喝茶。在天黑之前
我掩盖了茶桌上所有破绽
静候贵客临门。茶汤渐渐变淡
于是幻想她明天会来，一定
会来。因为抹黑是主动的
摸黑是被动的一样

做不了上帝，就做上帝的邻居吧

2019.02.23

这个时代，有太多的一个人

孤单不是与生俱来的。初衷不一样，结果殊途同归
这便是认命的——命

一个人泛舟，一个人煮茶，一个人练一个字
一个人看一个人直播。一个人和一个人聊天、生活
一个人抱一个枕头。一个人
在人群里找寻一个人

命里有时总须有，命里无时莫强求。这
——也是命

老祖宗不骗人

许多年前，爬楼梯上去
然后坐电梯下来
总感觉生活一马平川
许多年后，下楼成了负担
才幡然醒悟。避重就轻有多伤人

上山容易下山难——此言非虚

那瓶酒，一肚子委屈

一个满瓶，一个半瓶。两瓶酒
杵在窗台相互僵持、对视。互不往来
记不清被搁置了多久
直到一天满瓶啤酒过了保质期
被无奈的主人喂了一盆吊篮
剩下半瓶白酒兀自而立，对着门
像一个怒目圆睁的关公
其实大家心里都明白，它的心情
和主人一样
等，一人来

2019.03.04

经常被一个梦惊醒

有人说，梦都是反的。不知道该不该相信
这些人的话。每一次都尽力复原一个梦
越无能为力的东西越想得到一个结果

茫茫人海中会有一个人对我，嘘寒问暖
因为我对她说了谎——健步如飞，膝盖不疼
父亲站在对面对我视而不见。我知道
我们之间有些话
还没说透……

风筝，棒球帽和高尔夫球杆
全都躲进——春天的墓志铭

2019.03.17

沈大师之怪现象

大师匮乏的年代，最容易滋生"大师"
社会安逸、束之高阁、窥私和猎奇、幕后炒作
太多人想要出名……
就算没有沈大师，也会有耿大师或嵇大师
来做这件事，只要有这么一个人就行
也许是渴望出名，也许根本就师出无名

一个不正常的人干了一件正常的事。然而
一群正常的人又演绎了一出不正常的事
于是沈大师，便成了贫瘠草原的羔羊

2019.03.22

我一直无心上山

世人都说：站得高，望得远
我对高处却一直心存敌意
心有芥蒂原因是，站得越高摔得越疼
我也晓得"一览众山小"的美妙
可那景致我在与不在依然存在
与我去不去没关系
只喜欢"小富即安"的田园
虽然知道我拥有得极少
但深谙"得之我幸，不得我命"的道理
生活依旧寡然无味。清晨醒来
看一看昱光，仍是我此生唯一的
奢望

2019.03.25

对于悲伤，我不愿浪费一滴笔墨

生死离别，有人惋惜，有人泣不成声
我却时常选择沉默。不多说一句
不知情不表达，不熟悉不流露
世间有太多伤悲，盛不下自会顺着眼角溢下
路过的，我从不用文字缅怀
心里想的才更接近于真实
习惯了不浪费一滴笔墨，对于悲伤

远离一些东西，仅仅是为了避开一些东西
比如兔死狐悲；比如未赋新愁

2019.03.29

又到"愚人节"

晚饭后，朋友问明天愚人节
想到用什么法子整蛊了吗
我一脸蒙逼
活到这岁数，自己都还没活明白
整谁？蛊谁？整出事来咋办？
小人物，也是可以改变历史的
万不可胡闹
着了给 4 月 1 日起名字的
仙人的道。偷鸡不成
……

2019.03.31

清明这天，雨躲进阳光里

一辈子写一首诗，诗有长有短
不论长短都系着悲伤
剩下的路依然要——负重前行
隔着手机跟"回家的英雄"说了句，一路走好
去父亲的墓前把父亲的余生画圆
余下的时间回老宅睡了一觉
把心情埋进梦里，不与任何人说

盆栽

土地里的花木，偶有人路过
少有人围观。擅作主张
把它移进精致的瓦盆。供些人和我
对它指指点点
自以为娇生惯养它会开心
渐渐其脸色蜡黄，枯了
丢弃的那天，看到当初被遗漏的一株
周围飞舞着三三两两的彩蝶

人和花木，不适合圈养

城乡嬗变

城里人吃乡下菜，叫养生
乡下人吃城里菜，叫穷人下肚
城里人去乡下，叫体验生活
乡下人来城里，叫刘姥姥进大观园
城里人去乡下住，叫民宿
乡下人来城里住，叫寄人篱下
寄人篱下的日子，让我想家

孑然而去

早起仁涛问我干啥呢
我说煮茶啊
"你一天得浪费多少水啊？"
"过滤一遍，又还给了世界"
"那不也是好水变脏水了？"
"莫担心，所有的过失土地都会接盘……"
后来我们又聊了聊日子和壶
但对水的问题却一直，耿耿于怀

孑然而去，是不是也是对世界的伤害
力，总是相互的

别说我，自欺欺人

没人陪的夜晚，只好一次次把身体交给茶水
周而复始。记不清，水沸腾了几次
就像记不清被拒绝了几次一样
但依然倔强坚持每一次沸腾，茶水一样
不愿冷了每一次入口的慰藉和母亲的心
就算徒劳。这辈子，坚持也不放下
那是走下去的唯一理由

——别说我，自欺欺人
——别说你，身无体会

2019.04.12

阴郁的谷雨天，反省自己

什么东西让一个人如此绝望
又有"诗人自杀"陨落。不明白
什么东西比命还重
用死对抗遭遇的意义在哪
命比纸薄的日子非得撕破才可泄愤吗

没活明白的人，不宜谈生死
对于父子，没人愿意背一世骂名
时常用"南不拜张北不投李"告诫自己
诚然，活比死来得艰辛。做一次
真男人，有多美好
？ ——

2019.04.20

读书日，我多抽了一根烟

到哪山砍哪柴，撞哪日唱哪歌
世俗落入窠臼。无药可医
好多人晒有多爱书。哂然一笑
抽出一根烟，点上
反骨狰狞。我看书
从不挑日子。恰在今日
每本书，都面目可憎难以下饭

天气和生活一样，捉摸不定

刮了一夜的风，春寒料峭在四月的末梢
再一次粉墨登场。在硬币落地之前
没人知道它的正反面。只在鄙人面前
生活依然没能解冻。选择是件很痛苦的事情
有人喜暖，被迫在春天里拾起棉衣
有人喜悲，独自咀嚼风吹落事物的残香
有人恐高，有人潜水
有人恋冬，有人怀春
斤斤计较的，未必是别人想要的
耿耿于怀的，未必是我放不下的
一切虚幻，皆有章法

故把手串当佛珠

空虚的时候拿来手串，盘盘
但嘴里从不念念有词。一切经文
对生活都是废话
因为出家人的色即是空，空即是色
太晦涩。我只想
活得简单一点，通透一点
所以夜里极少外出。我怕一个石子对我
伺机报复。谁说可以东山再起
谁说大难不死必有后福
其实首当其冲的都是看轻生死的
而我恰恰是个例外
小富即安的男人
只会把手串当成佛珠，故作
四大皆空

2019.04.28

孤独，是一种病

白鹤芋在茶叶水的滋养下茂盛了许多，绿萝如瀑
君子兰没啥长进。随我
生怕改了容颜，没了坐标
金骏眉泡过六水，像极了今晚的牌
烂得出奇。再打也钓不起兴奋
关灯吧。人来与不来
一样寂寞。话，说给谁听
都是在沙漠里撒出的一泡尿

今天看了出喜剧

死性不改的，不止馋嘴的猫
人，也喜欢偷腥
明知节假日出行拥挤不堪
总想出去碰碰运气
一条长蛇背后
人山人海
后脑勺成了假日的主题
风景反倒成了游客
一群空虚的人互相揩油
我站在阳台通过手机
揩他们的油
我们都在——旅游

立夏这天

1
一滴泪的咸度比得上整个夏季的汗水
虽然设定的时间才刚刚开始
泪水里悲伤盛于感动
就像春风抵不过夏的脚步一样

2
人是最喜欢回忆的动物
明知回忆是把刀子

3
悲悯的人总喜欢以悲伤为伍
悲伤周围都是悲伤
没有泪腺的人少之又少
事物的两面，抉择总是心不由己

4
一个故事错综复杂
平常人做不到抽丝剥茧，化繁为简

5
为一日三餐犯愁的人，反而想得简单
而我却为每次去菜市场犯难

一天两顿饭却感不到饥饿
太多苦水无处倾倒

6
每次夏季来临之前，我都会想到海边
那个再也回不去的夏天

2019.05.06

和张军兄弟聊聊天

十七年前，我以为你姓白；十二年前，我以为你姓李
单名一个逯字。这些都不重要

昨晚聚在桌旁，你说这是第二场。没好意思
用"以茶代酒"敷衍
我们之间的感情。人到不惑，以茶代酒貌似不伤感情
看似身材魁梧，其实外强中干，众疾缠身
不止和一人说过，如果有耄耋，不知谁扶谁？肺腑之言

你说，你喜欢普洱；我说，话要落到实处
以后可去可不去的酒场就推了吧。家里存着一罐普洱茶
只需提前十分钟，如果我在小区
茶水就是沸腾的，一如我们相识的——十七年光阴

十七年，因为遇见你时光才变得有生气
十七年，十七年后我们还能坐下来
喝喝茶，聊聊天

2019.05.09

生活令

反复无常，虚无缥缈，变幻莫测……
都可以，做未来生活的定语
就如溪流里突如其来的形色石头
改变着先前的盘算和预谋
一页纸即使翻过
黑白依旧，影影绰绰
城市里的光亮
很难轻而易举地翻越群山
眼睑，难以控制遮遮掩掩的未来
何苦用"相信未来"试探人间

生活身陷囹圄，四周都是北方
今日，晴

2019.05.12

我曾经亵渎过一位姑娘

多愁善感的姑娘。超凡脱俗的姑娘
你让多少人魂断蓝桥，引以为荣
多少人为你高歌，借你抒情
你，是疗伤的良药；你，是灵魂的寄托
你，是故乡的嫁妆；你，是猴子的救兵
遇见你，多少病不治而愈
可我，总是在最低谷的时候才会想起你
失眠让我越陷越深……

月圆则亏是你唯一占据我内心的借口
啊，皎洁的月亮

2019.05.14

熟睡的孩子

儿时的事种在梦里
时机恰好。瞬间发芽，结果
捣碎的瓦罐，撕裂的裤脚，还有躲在
麦穰深处熟睡的孩子
现在还没能从梦境里走出来
泥泞路上深深浅浅的脚窝
有迹可循。可越长大记忆越模糊不清
就连路都越走越硬，越行越远
越迈越靠近死胡同

2019.05.15

告今日书

每一次天气变化，对我都有切肤之痛
就像一根稻草能救一个人，也足以杀一个人
我研究过每一个人的人生，如同一个个抛物线
有的，口朝上；有的，口朝下
而我。口朝下，且略陡一些
这些也许在出生那一刻已敲定
而我却浑然不知，十多年前我还自鸣得意
我的作品。这一刻又让我哑口无言
在那之前，我对美好深信不疑
时至今日我还心存幻想
没人知道前世我犯下多大的错
有时我在想，所有的经历都是成长
所有的遇见都免去了自欺欺人
就像今天站在环球国际二十一楼看窗外
眼前的一切仅是一幅水墨丹青
与你只是一刻擦肩，如恋人一般
然后草草收场，与世间互道晚安

2019.05.18

掉了耳朵的猪

不小心弄掉了猪的一只耳朵
它便用有耳朵的一侧示我
看起来和从前一样
一如那个站立不动的我
看着它没心没肺一笑如故的样子
我却像得了中风一样
把掉耳朵的猪当宠物一样供养
就像母亲眼中的我
其实它只是只紫砂茶宠

2019.05.19

建盏

中午在我家饭桌上，王俊超
一脸狡黠，"交点学费？我告诉你啥叫建盏"
对于关注建盏已久的我来说
没半点犹豫说了声不
因为即便他讲了
对于建盏我依然会一脸茫然
晚上在俊超家饭桌上，我
端起他送的，比普通茶杯沉数倍的建盏
想起了俩人之间，十多年的
和一年坐在一起聊家常
屈指可数无关的，感情
建盏一样，色彩斑斓

2019.05.20

牵强附会的谐音

这两天着实忙坏了情侣
不记得这股风兴起于何时
但委实佩服，国人的想象力
520 代表我爱你，521 照样讲得通
大有十五的月亮十六圆的架势
1314 代表一生一世。看见 4 我就迷糊
到底把它看成发，还是死呢
误入数字国度，辗转不知归路

2019.05.21

中央八项规定拯救了一批人

二十二点三十八分
一个做生意的朋友发来信息
"出来吧？请我足疗！"
我知道，他又喝多了（平时这个点他从不联系我）
突然想起在政府工作的发小
他已经很久没给我，打午夜电话了

2019.05.24

每月 25 号是个 "生死攸关" 的日子

电视，电脑和手机是拴在一条绳上的 "蚂蚱"
每月 25 号是向 "东家" 交租的日子
如果有一月忘记这个日子
会有被收回 "信号" 的危险
对于一个离开信号就不能存活的年代
对于一个深居简出的人来讲
宁可忘掉一日三餐，也不能负了 25 号的约定
还好东家的 "契约" 里写着一天
而生死存亡的节点有时往往是一刻
总之，活着的每一天——都是战战兢兢、如履薄冰
恰巧，今早响了入夏以来第一声惊雷
给我的记性——提了个醒

2019.05.25

刮风寨

一见到这个名字，会让人联想起瓦岗寨、聚义厅
一品堂等一系列名字
以为我要写写绿林好汉的道场
其实它只是云南边陲的一个寨子
一个生产普洱的村落
说简单点，它只是一款生普的名字
对于一个鲜出远门的人。接触这个名字
是从一个叫"三姐"的卖茶人那里
当初义无反顾的选择，这款茶
完全是望"字"生义的结果
从小就有一个武林情结
尽管我一辈子唯唯诺诺。这并不影响我的选择
就像手无缚鸡不影响仗"剑"天涯一样

刮风寨让我爱上了喝茶，爱上了生活
刮风寨存放着我的灵魂，救了我的命

2019.05.27

一首诗催眠一个夏天

有两种情况是我孤枕难眠的
一、心里装着事的时候
二、炎热蚊叮的夏季
母亲说，空调对我的骨头不好
其实她并不知道，根源不在骨头
失眠的时候喜欢想一些貌似高深的话
虚构一个夏天，哄自己入睡
每次效果都还不错。只是第二天
又一次，误入"桃花源"

2019.06.03

晨探朋友圈

胡思乱想说白了就是偷窥
落下的病根，时间不是疗伤的药

现在凌晨七点五十八分。六个小时前
二丫没睡。五个小时前
永周没睡。我用"半夜不睡，诗心不退"
为她们开脱……

四个小时前，王琳没睡
不在东八区的人。让大家——自惭形秽

村庄

乌云压得再低也显辽远
路再逼仄今天也空旷无比
雨水洗过的村庄没有一丝邪念
暑热被逼远
凉气却随之潜入骨髓
舞台搭建得再华丽
也免不了演员，碰头打脸

隔着屏幕的陌生谈起来反而虔诚

不知庐山真面目，只缘身在此山中
换个位置，你，怎么选
如果世上有两种东西：后悔药和忘情水
一条道走到黑的，比比皆是
忘掉一切才会重生。面对伪命题
答案，不言自明
站着说话也腰疼的时候
对于"先有鸡还是先有蛋"的问题
我会用鸡蛋，作答

上帝为你打开的窗，未必是好事儿

惊字开头的词大多在意料之外
当爬不过那扇打开的窗，我就回过头
尝试那道被关上的门。来回试探
至于浪费的时间，无从索要
望着手中的断掌纹，瑟瑟发抖

时间就是贼，偷走了容颜
不曾归还

生活没那么简单

总想把日子过简单
事与愿违
越想简单越容易万马奔腾
热锅上蚂蚁一样
每半个小时去趟卫生间
喝水太多。身体里却藏不住一滴水
异想天开的梦早就不做了
就像这鬼天气
人为总是杯水车薪
我们不得不在炼狱里，生活

2019.06.18

来临之前

没人在意屋檐下束手无策的 "囚徒"
没人细数响过几声雷鸣
慌乱躲雨，慌忙逃难
路上有被踩过的蚂蚁，挣扎翻身
衣物怕雨，细软也怕雨
急于隐藏的
夹杂着动荡的魂
只有屋檐下的囚徒记得惊雷
响过几声。再响一次
雨，真的该来了

2019.07.06

一地鸡毛的日子又该怨谁呢？

再无生气的村庄和看不见暮色里的炊烟有关
和寺院里香火不旺有关
雨后的山水牛争相躲命，有人却毫不在乎
它倍增的价格是否于其身份相左
看过几层山水，走过无头路。
遇见一个村庄，画面幽美
每次经过玻璃栈桥，双腿都会抖上一阵子。
不欲往，无所求
看见父亲的身影，没能握住。
手机从双手空隙间掉在柏油路上
瞬间一切美好和不祥，碎了一地

今天办了件大事

为了房子去了趟银行
今天天气大好
不热不冷正适合办大事
走出银行大厅
天在我心中，开阔了不少

结石

祝大夫是家兄一钓友
专业碎石十余载
厌倦了大都市的车水马龙
于上海，南京作别
择一水秀山清之地归隐

忙时碎石，闲暇垂钓
一日，他发现
这里的"石头"也不好啃。因为
结石在我母亲，体内

2019.07.09

每次失眠的背后都藏着一个不可告人的秘密

半夜问别人咋还不睡？也许
她已经进入梦乡。而我
才是那个翻来覆去
睡不着的人

2019.07.10

有一句话始终 "难以启齿"

永周每次到访，绝不空手而行
这让我很羞愧
不想让他破费。可劝阻的话
绞尽脑汁也没能组织起来
都说汉语言博大精深
他又打来电话
哪位 "高人" 明示一二
我该如何应答？

天亮，睁开眼就是幸福

好多年了，丧失了亲眼所见的能力
所有 "见闻" 都来自道听途说
感谢我所碰面的人和兴盛的信息时代吧
泥沙俱下，鱼龙混珠
甄别的能力往往遭人非议
可我总喜欢固执己见
老天并未剥夺我，思考的权利
天亮，睁开眼是好多人不能理解的
一种幸福

人生论

总想找个温暖的词，哄骗自己前半生
搜肠刮肚也寻不到一个自欺欺人的借口
我不是一个由恨生怨的人
因为所有的怨更容易让一个人衰老
尽量拓宽自己的爱好，自得其乐
哪怕有一天一个人孤独终老。谁也不怨
每个人的人生都不是人为的
仓促的，漫长的；一路顺风和布满荆棘都在赎罪
债还清了，一切也就结束了

离归辞

离和归，本是不值一提的 V
有些人却总喜欢拿出来炫耀和书写
比如，离婚和归家
究其原因是因为她们
把一种叫作感情的东西，落在了那里

与我
寻找和重拾也是不值一提的东西

夏日庭院

庭院一隅，几株月季已经衰败
那簇生机盎然的芍药也大不如前
聒噪的蝉鸣听起来愈像轰隆隆的雷声
太阳时不时挤出云层试图拥抱我
几滴雨履行近日来的工作，瞎热闹
身体一拧，便溢出好多水来
在冠山脚下的一个村子，一个庭院里
偶尔一丝带着凉意的风吹向我
仿佛在告诉我，日子并没有想象的
那么糟糕

夏日里那个有雪的梦

多说无益之不吐不快

饭不可乱吃话不能乱讲
大量的史料证明
大放厥词之人一不小心就成了跳梁小丑
误入歧途者便会遗臭万年
慎思慎言慎行之人方可独善其身
低头走路，抬头做人谓之正道

在各大直播间游逛的人

有一段日子，喜欢躲在他们的直播间里
购买弥勒、手串，紫砂壶，建盏和茶叶。贩卖时间
因为的确没地儿可去。在一个房间里待久了
总有人会认出我。换马甲的人心虚
好事的人眼尖。他们会打听我的来历和职业
会误以为我是作家或诗人，无地自容
其实我只是找个伴儿，了残生
恰巧文字是唯一一个不嫌弃我的人

风雨欲来

先知是有些人恐慌的始作俑者
我忙着备水和干粮
蚂蚁一样
三天不出门怕什么
十几年的光阴在我眼里，也不过
被逐渐淡忘的昨天的事情
我担心的是三天后
出门会不会被一折断的树枝
挡住了，去路
可那又什么可惧的呢？先前遇见的
风雨可比这次大多了

"利奇马"终于过去了

"利奇马"过沪的时候
我想到一个朋友
过江北的时候
我担忧起一个亲人
进鲁之前
我把母亲唤到自己身边
到了青岛
我想起一个同学
过了潍坊
我就不大担心了

对于"罗莎"
我根本就没把它放在心上

这些年，空头支票越来越多

年纪越大，后怕的事越多
空头支票开多了愿望就越来越虚
一个最大的不可回避的空头支票
怎么也绕不开。缘分未到

生活需要感谢的东西太多

一片枯黄的叶子
静静地躺在一块石头身后
石头不大，刚好能罩住落叶
一阵风，吹得很长
落叶却没被卷走。有些庆幸
坚持了一会儿
便转身上了楼。我想
今夜，我依然睡得安稳

一个人，无病呻吟

声如细蚊的人羞于远行
和雪逗留我的家乡一样
这让我想起童年的活泼和雪
滞留后与文字为伍
有时候文字如我，沉默寡言
只在写诗的时候偶尔翻腾
那也不过，一时兴起
转眼就过去了
像极了一些人，很多事

秋天里

天微凉，收获的季节
让人流连忘返，各自张望
望见日益枯黄的藤蔓
清楚秋天。我
再无秘密可言

2019.08.24

一句话

同样的一句话
从你口中说出，仅是一句话
从另一个人口中出来，却成了真理
究其原因，身份不同
所以，有的人努力拔高自己
到头来，还是一句话而已

2019.08.26

这辈子就喜欢圆的

儿时喜欢圆圆的玻璃球
学时爱上了乒乓球和 basketball
踏入社会迷恋纸醉金迷的圆桌
后来我屈从了手串和盏

说实在的，我更喜欢自己的脑袋
因为她，也是圆的

2019.09.02

电商时代，带货主播如良莠的牛毛

一带货主播在兜售茶叶
介绍产品时词不达意。隐约听见
毛尖是最好的绿茶，大红袍是最好的红茶
说完，头转到一侧停顿了几秒
立马改口道，龙井是最好的绿茶
大红袍是最好的武夷岩茶
对于他的"信口雌黄"
我瞬间改变了，我的想法

2019.09.06

白天，在黑夜里翻腾

白天在夜里兀自得意。她明白
再过几个小时。夜，不得不放她出来
迷惑人间。但她不知道
我在黑夜里对她的望眼欲穿
不睡不是我迷恋夜，喜欢夜里一切
是我想通过夜来表达我对光明的忠诚
一切影子都是黑夜安插在白天里的奸细
白。黑里面最大的蛰伏者
天就快亮了

2019.09.17

今日世界

看周遭动荡不惨
唯一隅偏安
任窗外风吹雨急中
独一人饮
感谢——您
70 年砥砺之国

2019.09.25

一截木头

在我彳亍的路上，横亘着
一截木头
有人跳了过去
有人掉头走了
我傻傻盯了半天
央求到最后，第三个人
才把它挪开……

——拦路虎
有人被绊倒，起身
骂骂咧咧地离开
到那些跳过的，转头就走的
谎称有病的。他们
委实病得不轻

想你

朝思暮想的时候
你来与不来的结果，是一样的
出现在梦里的人
秋，就深了

致母亲

最简单的幸福是陪伴，
陪伴是最辛苦的告白！

2019.11.19

洗日子

刮了一夜的风，午后小了下来
我知道，昨晚我做梦的时候
阵风嘶吼，在跟乌云较劲
是不是在帮我。不得而知
只是现在阳台懒洋洋的
对于残留的风声权当与我解闷了
还有身边一直默不作声的母亲
我给她说了下昨天发生的事
深秋后的小区，白天鲜有人出来游逛
看会书。该煮茶了
兴许晚些时候会有人来
如若没有，我就自己喝
像这日子，一吟而尽
习惯自斟自饮的人，惜命

转圈

一个人待久了
总喜欢拿图形天马行空
三角形成了圆锥体
四方形成了圆柱体
圆形成了球……
一幅山水成了田园
世界安静了许多
最后还会拿自己转
结果,人设
塌了

2019.10.08

一些表象伪装得太卑劣

有人假寐，有人装疯卖傻
我假装看透
人间。昨晚跟开着的手机分道扬镳
是真的。梦里呓语也是真的
天亮看见一个人午夜三点发朋友圈
说，太累了
其实倒头就睡是没时间喊累的
就像生活没有前奏
人不能回头
一样

2019. 11. 28

一件羞愧的事

有件事，让我一想起来就羞愧难当
无地自容。自认为聪明的人
竟做出如此愚蠢之事
一段时间以来，就感觉自己像个傻瓜
想出来的事，做不出来
做出来的事，不曾想过
始料未及总让人慌张
这不？羞愧的事
此刻，又羞于吐出口

2019.12.03

遇见最冷的一天

世间诸多情，一切皆随缘
缘分随风逝，常人不得见
不到最后一刻，没人去盖棺定论
己亥年 12 月 31，下午 2 点
气温－1°C
今年，最冷的一天

阳光刺眼挡不住滴水成冰
滴水成冰盖不住茶香四溢
茶香四溢弥漫着四季如春
"冬天来了，春天还会远吗"
君来说，
一切冷，都是自己给自己虚构的假象

2019.12.31

第四辑

坚强的行走

年关记

1
最近几年，自从搬进城。一到年关
总有一些人来看我
感情到了位，写不写出来都是一种错

2
今年冬天来得稍晚一些
只有冷才会冻住身体，但心思能越发细密
今天才会坐下来写 2020 年的第一首诗
想想谁惦念着我，我又惦记着谁？

3
大徐每年都忙，一年见面的日子一只手都用不完
他说，马拉松的路跑起来比生活的路轻松得多
我却从未向他提及那句大路边上的话
生活上最长的路是套路。他不会听
撞了南墙硬说墙破了的人，无法跟他讨论
云淡风轻

4
大鹏每年都会拿着送挂历的名义来我这坐坐
如坐针毡却也乐此不彼
我知道我们的共性很多。年关的冷

对于生活的态度真是微乎其微

5
张军今年像换了一个人
我不认为我对他说的话奏效了
因为一个人骨子里的深邃别人是无法探究和改变的
石头之所以能凿出来菩萨是因为它的脾气够硬
茶每晚都给他备着，只要他厌倦了纸醉金迷
这里都是他的避难所

6
小梁又给我讨了本书。知道我爱书的人很少
小梁算一个
他说把书放刘姐那了。嗔怪他没能送佛送到家
其实他们空手来我一样高兴
毕竟能谈得来的不多

7
大瑶说她今年会过来看看。有些诧异
我们都是有事联系，没事免谈的主
真算不准有生之年还能见几面？
感情不到位说啥都是罪。四年同窗也不是铁板一块
还有几串手串的绳子松了，记得替我
重新捋一下，还有我这丢三落四的毛病

8

铁打初三团今年转战蓝海。坚持了三个年头
其实好多事情说难也易
大浪淘沙最后留下的都是些初心不改的家伙
就近原则决定今年留下来过年
老家的风忒大，贼冷

9

离过年的日子屈指可数
好多事没能记下来。可心里都记着呢
明天有雪。二十七天后又是个刻骨的日子
小寒的日子更让人印象深刻
包括发生的事和未曾发生的未来

2020.01.06（小寒）

今天 "情人节"

我不关心今天属于谁的节日
和这组数字背后隐藏着多少花前月下
鹊桥化蝶。我只关心病毒还能蹦跶多久
家里的饭菜能否撑到天明
推开门是不是一片祥和
有些场景始终是属于某一个人的
有些场景却是属于大家的
一场灾难来临往往无法躲避
但灾难过后生活是否还一如往昔

改变和纠正才是需要我们正视的东西
而情人节，恰恰不是

2020.02.14

惧怕，何尝不是另一种强大

惧怕每一个活着的人，因为他们的背后
都有一个死神为他们撑腰
我想，喊"不戴口罩，我要自由"的人
底气可能来源于此
"民"不畏死，奈何以死惧之
面对这句话，我只有苦笑了之
经历过生死的人，才会对死心存敬畏
我就是那个心有余悸"胆小"的人
这份恐惧不是与生俱来的
多少年来的遭遇才会让我谨小慎微
"小心使得万年船"定会"守得云开见月明"
因为生命只有一次，一次而已

惧怕，何尝不是一种长大
惧怕，何尝不是另一种强大

2020.03.09

生无可恋，是自我欺骗的谎言

一个人在有爱的世界里徜徉
一个人在空巷里抱着自己游荡
看花开叶落，听风泣雨哭
独数着兔走乌飞……
无数个无家可归的日子里，丢盔弃甲

我唯一的愿望
希望有一天能残喘归来
在天还未完全黑下来之前
把遗留的蛛丝马迹掩埋
毁尸灭迹

2020.03.22

为茶而生的女子

1
认识她，极偶然。在直播平台
这个世界人造美女太多。尤其是有了美颜之后
人间更被妖魔化了。遍地"狐妖"
她，不一样。一身素衣
身前茶，背后画。阳春白雪

2
书看累了。就会找一个直播间躲起来
清净随心。她的直播让人看了不累
虽然我不买茶，她也不嫌弃
这也是我留下来的原因

3
很喜欢与茶有关的器物
正好她处理一些先前钟爱的"宝贝"
极便宜。有些人根本不会明白，永远也会不明白
对于不是生活必备的东西有人花一毛也是割肉
就像有些人，死都不明白我为啥厌恶他一样

买了四件，她送了两件
花了六十块钱。恰好够买二斤猪肉

4

她建了个群，交流茶艺
其实是为了更好地兜售她的茶
我这样说，她应该不会生气
群里突然冒出很多人
一下子，乌烟瘴气了起来

5

下午出去拿了个快递。三本书
王单单一本，刘年两本
她让我做群管理，我没回话就把我换掉了
我给她看了快递来的三本书
她说是我写的。我说不是
然后给她看了书架
既然她不懂，那我也就不说了

6

看刘年，看王单单
偶尔也会看她

2020.03.24

照片

嬉笑怒骂的，适合放
博客，朋友圈和公众号
正襟危坐的，适合做
证件照，寻人启事和遗像
合影的，放在影集里
单身的，搁在钱包里
……
一切的影像。都能撩起回忆的哭笑
父亲的照片，上了北墙

我希望那个人是我

两个多月的疫情
出门次数屈指可数
这辈子做成的事也屈指可数

如果亡一人能够止住疫情
我希望那个人是我
远离人群的人，太想做一回
痴人说梦的英雄

朋友圈里"发现"一首绝美的诗

一个做紫砂壶的女匠人被问及
干吗要做这么"脏"的活
她轻描淡写地回答道
这活不脏。我，从来没有嫌弃过它
对我的"作品"，一直引以为傲
"学"时痛不欲生，学会了就是我的骄傲
……
看到这段话的时候，让我想起了我
和我那一辈子在泥土里摸爬滚打的。父母

一座城市，是一个布满虚幻的道场

总会在不经意间，天就黑了。然后
我就把黑夜当白天过
喝再多水，骨子里依旧干涸着
打坐，冥想，挣扎，感叹
腿时不时痉挛抽搐，两股战战
不知这"病"会不会在时间里痊愈
但我知晓黑白颠倒的遇见里。时间
永远是惊慌失措的
一个人，只好故作镇定
缥缈虚无中迷惑人间

时光曲

拼命或认命之人早起
无知或无奈之人晚睡

每次出门都精心打扮一番
像慷慨赴义……

胸怀与世无争的醋意
过着晚睡晚起的日子

今生进不去的门，太多

一介布衣流市井，看不清豪门
红尘俗事万人巷，入不得佛门
时运不济体沉疴，过不去南天门
坐看风云功名梦，望不到天安门
落英缤纷不沾身，混不进艳门
衡门栖迟一烟卷，坠不了虎门
……
值得称道的是，浪迹半生皆益友
进不了——鸿门

匆匆一面

兄弟，咱俩有一年多没见了吧？
还是两年多……
忽闻你说要一起共进晚餐
我差点便喜极而泣了
早早出门迎你
想快些见你。看你是否
瘦了
我知道操心劳力是"减肥"的药
未曾想见面仅一个拥抱。你
就匆匆走掉了。我知道
飞机不会迁就任何一个迟到的人
你忙，我能理解
可偏偏后悔当初出门迎你。如果不出门
也许就会把见面关在屋里
我承认我傻。傻得有点出奇
可这个臭毛病已经浸在骨子里了
此生也无法剔出来
唯一高兴的事，你比以前
胖了一点

2020.05.25

父亲，您欠下的"债"我替你还

母亲桃李之年就追随着您
走北闯南，风餐露宿，吃糠咽菜……
说这话，您不生气吧

您看：从黑土地到黄泥岗
从跟您一起上山开荒到下地翻秧
从跟您一起手抱肩扛到走街串巷
您闯外，年头岁尾。母亲便护您后方周全
近半个世纪了，母亲可从未掉队吧
可您，为什么还未古稀就撒手不管了呢
您别不承认，我便是您留下的
"罪证"

风风雨雨半个世纪母亲陪您走着
余生陪母亲一起看儿孙满堂
一起看这美好夕阳，就这么难吗
好吧。既然您不愿意陪
那您欠母亲嘘寒问暖的"债"。我
替你偿还……

2020.05.29

屋里装不下春秋四季

好多年了，拘囿于屋内"围点打援"
通过手机坐观天下
偶尔翻书，时常饮茶
借助一片盏、一盆绿植假装看破沧桑
那扇虚掩的生活的门，却极少推开

母亲拎着菜进门，说了句
外面有风，比昨天凉了
至此才幡然醒悟
原来，原来屋里装不下
——春秋四季

2020.09.30

酒局

有些酒局是推脱不掉的
就像偶尔遇见的熟人的寒暄
酒桌上坐着朋友和朋友的朋友
他们把酒言欢，高谈阔论
而我多半是沉默的
这么多年的隐忍似乎成了生活的标签
怨怼的越多，得到的反而愈少
尤其当他们谈到拥有儿女的烦心事
我的头总会埋得更低……

有些话避犹不及
有些酒局不得不去
有些事绕不开

2020.10.02

一件小事

说好的人，没来
来了个因为一句话赴约的人

到了这个季节，冷总让人猝不及防
风也喜欢见缝插针
其实说这些话，没有抱怨的意思
行走在这个世上，身不由己的事太多
什么岁月静好？是因为有人为你慷慨赴约
哪个人身上没有三尺伤
那个人是让你魂牵梦绕的地方

明天，好好上班
好好生活

2020.10.06

遗书

1
遗书其实是个很温暖的词
有些话说出来，心就亮了

2
感谢父母把我带到世上
感谢死神对我开枪
可我就是位倔强的"小强"
你，又能拿我怎样

3
此生命运只教会我，坚强
那我就做胡杨——死而不僵
站直不动也可百炼成钢
这是外人，永远喝不到的汤

4
余生陪母亲是我最大的愿望
爱是索取，更是奉上
其余之事由它信马由缰
又何妨？

5

陪我疗伤的书房
只有书，让我不慌张
请善待我仅有的一点伪装
送给爱书的人，不要荒凉

6

半生攒下的"破碗、烂缸"
找个懂它的人，只送不卖
我不想它们像我一样
一辈子颠沛流离，满身是伤

7

其他的，便不放在心上了
爱咋样，咋样
只要不是破皮红伤
就不枉陪我一场

7

其实想说的话也不多
其实我说这些话也为时尚早
其实就是余情未了

8

这些话"秘而不宣"的好

我怕吓大家一跳

其实，我就是这么闹
哈哈一笑

2020.10.12

站着死的气魄

每天，我都会衣冠楚楚
装作要去见一个老情人
明知外人，奚落我
明知我，没女人缘
也不管出不出门
每天我还是自顾自的衣冠楚楚
我总觉得会有人来约我
或有人在我看不见的角落里瞄我

我得体面地活着。给他们看
站着死的气魄，衣冠楚楚

2020.11.17

世间没有笔直的路

阴沉的青皮天
心里总有几片凝华的霜
像极了让人窒息的雪
对身边人说谎
是想给自己一个，活下去的借口
与其鱼死网破，不如退而结网
只是自我安慰的托口
拿不动了就放一放
撞了南墙，就换条路吧
又能如何？

听说今夜大雾。明天
看出多远，才不算虚度时光？

2020.12.11

在夜里打捞自己

为了避开形形色色的人群，我
昼伏夜行。在夜里打捞自己
用尽浑身解数，十三年的旧疾愣是挣脱不掉
与生俱来要比"半路出事"活得容易
我恰恰被打了七寸。就像一道符咒
挣扎得越厉害，愈会让人窒息
愈是窒息，越会挣扎。人很难学会
揣着明白装糊涂……
对于一个溺水的孩子
逃避在我的字典里，行不通

故人来时，讨论最多的事
"你缺个做饭的女人"
每每遇到这个梗，我面无表情
"我，缺钱！"
然后，烟雾缭绕中便是长长的沉默
——
我，在夜里打捞自己。凌晨上岸

2020.12.22

边缘人

人，生来幻想着活在舞台中央
命，却生生撕裂了所有梦想憧憬
一次次在梦里把自己杀死
醒来又做了路边的马唐，垄上的牛筋草
住在小区的边缘，发个定位
又一次把自己甩到了——墙外

腊八记

日上三竿起，转眼天又黑
黑白参半
岁聿其莫时追忆不堪
茶水入杯即凉，回首月挂东墙
法国不在欧洲
淑一三杯也难回大唐
特不靠谱归了历史
拜登刚好这个点，粉墨出场
……
昼夜更迭，连时间都变老了
老的身体成了累赘
老的自己成了故人
内容略显多余

坚强的行走

在一个狭窄的小巷
我和一只横穿小巷的蚂蚁相遇
我们对视了几秒，互行打探
随后便各行其道
就在刚要互相通过的时候
不小心踢翻了这只蚂蚁
发生是一个避不可避的命题
余生需要继续演算
就算油尽灯枯也不见得寻到答案
但我决定，固执地坚持下去
说实话，活着就是一段没有答案的修行
那只蚂蚁在我踢翻它之后
翻过身和我对视了几秒
我们就各自离开了
其实坚强是无奈的挡箭牌
行走才是活着的意义

尽管我踢翻蚂蚁之后
我们之间什么话也没说……

2021.02.06

时常在夜里出卖自己

我一心爱的人儿，泪眼婆娑
和我最好的哥们，结婚了
光怪陆离的世界里鬼使神差的事儿太多
三八节这天我被这个梦，吓醒
回到现实，才良心发现
母亲。身边的母亲
才是我今生最爱的女人

2021.03.08

写给父亲的话

1

年前年后，编了很多自欺欺人的话，其实就是想多留你一会儿。看着你躺在床上痛苦的样子，想想你挣扎的一生，善意的谎言越来越没有底气。

2

去年九月查出病灶，我和母亲恸哭了一晚。惊动四邻，愣是没让你听见。

在我昏睡的后半夜，你又去了你坚守的工地，你总想用枯槁的身体，给我们兄妹减轻生活不易，碰了南墙也不肯回头。

3

哥哥和我又编了一个谎，硬生生把你从工地拉了回来。可你的病，全家人傻傻地拉不出你的身体。你趴在窗前，望着窗外节节攀升的楼宇，和我们童年趴在窗台看落雪的眼神一样。

4

落叶归根，可你执拗地不想从城里回到乡下。你说乡邻复杂的眼神，你无从抵御。多想你做一回阿Q，忘掉我给你带来的创伤，没心没肺地活你最后时光。

我偷偷捶打自己身体，你的身体抖动了一下，我知道你对生活，不服。

5

妈妈怕你一直埋怨我们，怕你带着困惑离开我们。违背医生静养的忠告，吐露实情。那一刻全家人如释重负，拿泪水洗命。分明从你眼中读到，这就是命。

6

拍下最后，哥哥握你手、妈妈握你手和妹妹转身垂泪的画面，就是没敢拍最后给你穿寿衣的场面。

我从你的视线里遁去，也把你从我的视线里揶开。我无法接受，生离死别的场景。

7

今天是过完三七后的第一天，阴郁隐隐散去，才想起梳理你的弥留之际。这和人是健忘的动物无关。

过完五七我们就要进城了，可悲痛像揳进树里的铁钉，直至生锈，再也拔不出来。

8

生前，你躲在楼上不肯下来；死后，我们给你建了一座城。